詐欺師
×
スパイ
×
ジェントルマン

パトリシア・ハイスミスと
ジョン・ル・カレの作品を読み解く

鱸 一成
SUZUKI KAZUNARI

幻冬舎 MC

詐欺師×スパイ×ジェントルマン

パトリシア・ハイスミスとジョン・ル・カレの作品を読み解く

はじめに

パトリシア・ハイスミス（一九二一－一九九五）は二二冊の長編小説と九冊の短編小説集を公刊した。彼女の作家生活は、毀誉褒貶の多い私生活とは裏腹に、はた目には順風満帆だったように思われる。長編デビュー作『見知らぬ乗客』（原著一九五〇年刊）は、巨匠アルフレッド・ヒッチコック監督によって映画化された。クレア・モーガン名義の長編二作目“*The Price of Salt*”（原著一九五二年刊。後にハイスミス名義で『キャロル』として再版された）は、全米ミリオンセラーとなった。長編四作目の『太陽がいっぱい』は、フランス推理小説大賞を受賞した。さらにアラン・ドロン主演の映画が世界的にヒットし、その原作者として彼女の名前は日本でも広く知られることになった。彼女はサスペンス小説の大家として評価されている。

筆者がハイスミスの作品を愛読するようになったきっかけは、『プードルの身代金』（瀬木章訳、講談社文庫（一九八五）、原著一九七二年刊）を読んだときだった。この作品は、二つの時事問題――①ペット溺愛社会、②民族・人種の確執――を題材に、多民族都市ニューヨークで暮らす、救いようのない人間たちを描いている。『プードルの身代金』は、公民権運動の高まりで導入されたアメリカのアファーマティブアクション（マイノリティへの積極的格差是正措置）を無条件に良いことだと考えていた筆者には衝撃的だった。今日から振り返ればこの作品は、白人至上主義のバックラッシュを、アファーマティブアクション導入直後からすでに予言していたともいえる。

ハイスミスは一九九五年二月に亡くなった。同年一月の阪神・淡路大震災と同年三月の地下鉄サリン事件の間にはさまるかたちで。日本を震撼させた二つの出来事の間にはさまって彼女が亡くなったという事実が、当時の筆者には、日本人として何やら因縁めいたものに感じられた。いつか彼女の作品についてまとまった評論を書いてみたいとそのとき思った。各作品の感想メモを書き始めたのもそのときからだった。

ジョン・ル・カレ（一九三一－二〇二〇）は二六冊の長編小説を公刊した。デビュー三作目の『寒い国から帰ってきたスパイ』（原著一九六三年刊）が世界的ベストセラーになり、同作は、アメリカ探偵作家クラブ（MWA）賞最優秀長編賞と英国推理作家協会（CWA）賞ゴールド・ダガー賞を受賞した。また後に彼は、MWA賞とCWA賞の巨匠賞に輝いており、文字通りスパイ小説の巨匠として君臨してきた。

ジョン・ル・カレの作品は、『ティンカー、テイラー、ソルジャー、スパイ』、『スクールボーイ閣下』、『スマイリーと仲間たち』のいわゆる「スマイリー三部作」をまず読んだのだが、正直なところ、当時の筆者の手に負えるものではなかった。彼の作品を愛読するようになったきっかけは『リトル・ドラマー・ガール』(村上博基訳、早川書房〔一九八三〕、原著一九八三年刊)だった。この作品の題材はパレスチナ紛争で、ハイスミス作品と同様に描かれるのは救いようのない世界なのだが、ル・カレ作品の場合は、その救いようのない世界の中で、登場人物たちを作者が何とか救い出そうとしていた。彼が描く作品のベースにはヒューマニズムがあり、そのことが筆者をほっとさせてくれたのだ。

二〇二〇年一二月にジョン・ル・カレが亡くなった。そのとき本書のトム・リプリー論の原型になる文章を書きあげていた筆者は、次はル・カレについてまとまった評論を書こうと思い立ち、初読のときは歯が立たなかったスマイリー三部作の再読にとりかかった。再読してスマイリーが高齢だったことにあらためて気づき、ちょうどその時期に定年退職を迎えようとしていた筆者自身のサラリーマン人生を振り返りながら、これら三作を自分の視点で読み解くことができると思った。

本書は、二人の作家が創り出した代表的キャラクター、ハイスミスのトム・リプリーとル・カレのジョージ・スマイリーを論じている。トム・リプリー論とジョージ・スマイリー論を併せて一冊の本にしたのは、リプリーとスマイリーには共通点があるからだ。彼らは詐欺師とスパイであり、騙したり騙されたり、偽ったり偽られたりする世界で生きている。また二人は正統派紳士でもある。野心家リプリーは、計画に狂いが生じながらも、田舎紳士に成りあがり立身出世を果たした。温厚篤実なスマイリーは、オクスフォードで学び、国家官僚となったイギリス紳士だ。

リプリーとスマイリーを併せて論じるときに、筆者が絶えず念頭に置いていたのは、ヨーロッパ近代がつくりあげた社会の構造は、今日われわれが生きている社会と深く結びついているという想いだった。その想いから、リプリーを論じるときは「ジェントルマン」を、スマイリーを論じるときは「ホワイト・カラー」をと、歴史的に形成された社会集団をキーワードに分析し、人物像と時代背景を重ね合わせることで、キャラクターの魅力がより引き出せるよう努めた。

本書の構成にふれておく。

第一部では、トム・リプリーシリーズ全五作品を三つの章に分けて論じている。第一章「コンマン&ジェントルマン」では、詐欺師と紳士を矛盾なく生きるリプリーを描きながら、作者ハイスミスはリプリーに託して何を読者に伝えたかったのか、読者はなぜリプリーを魅力的なキャラクターと感じることができるのか、というテーマに迫ろうとした。あわせて、『太陽がいっぱい』、『贋作』、『死者と踊るリプリー』の三作を連作と捉え論じることで、オリジナルとコピーを峻別することに意味があるのかとか、指輪をめぐる三作間のつながりとか、三部作として読むことで見えてくる面白さを描こうとした。

第二章『アメリカの友人』論では、リプリーを脇役として描いた。主人公として描くより、黒幕やアシスト役として描いたほうが、彼の不気味さや悪人振りがより活きてくると考えたからだ。他方で、最初は詐欺の被害者だった主人公ジョナサン・トレヴァニーとその妻シモーヌが、詐欺に巻き込まれたがために、いつのまにか自分たちも詐欺師に転じてしまう世のはかなさも浮き彫りにしようとした。

第三章『リプリーをまねた少年』論でのリプリーは、家出少年フランク・ピアーソンの世話を焼くことに忙しく、詐欺師の彼は影を潜めてしまっている。二人は互いの告白を通して絆を深めていく。読者は悪意をもたず人に接するリプリーに初めて出会えるだろう。

第二部のジョージ・スマイリー論「スパイはつらいよ」の主眼は、『ティンカー、テイラー、ソルジャー、スパイ』『スクールボーイ閣下』『スマイリーと仲間たち』のスマイリー三部作をサラリーマン小説の連作として描くことにある。身を粉にして働くスマイリーを描きながら、作者ル・カレはスマイリーに託して何を読者に伝えたかったのか、読者はなぜスマイリーを魅力的なキャラクターと感じることができるのか、というテーマに迫ろうとした。また、スマイリー三部作は、彼の上司や同僚や後輩との群像劇でもあり、本稿ではスマイリー以外の登場人物の宮仕えの悲哀にもふれるよう努めた。

スパイも実はホワイト・カラー層なのだと気づかせてくれたのは、007ジェームズ・ボンドだ。イアン・フレミング『007/カジノ・ロワイヤル』(白石朗訳、創元推理文庫新訳(二〇一九)、原著一九五三年刊)のボンドの言葉――スパイ活動がらみの仕事はホワイトカラー連中にまかせておけばいい――に出会ったとき、「スパイはつらいよ」の構想が一気にふくれあがった。


トム・リプリーシリーズ五作品からの引用は、すべて河出文庫新装版を使用した。引用に際しては「本書」とのみ記した。

ジョージ・スマイリーが登場する八作品からの引用は、スマイリー三部作でハヤカワ文庫の旧訳版と新訳版を併用したり、他の箇所では単行本からの引用もある。区別を明確にするため都度出典元の詳細を記した。

目次

第二部　ジョージ・スマイリー論　117

第一部

トム・リプリー論

第一章　コンマン&ジェントルマン

――アメリカン・デモクラシーに背を向けた男トム・リプリー

イタリア　ポジターノ

『太陽がいっぱい』でトム・リプリーがディッキーを訪ねて行くモンジベロはポジターノがモデル。パトリシア・ハイスミスは、ポジターノ旅行中にトム・リプリーのモデルとなる人物に遭遇した。作中では、トム・リプリーがビーチにいたディッキーを見つけ自己紹介している。

エピソードⅠ：トム・リプリー誕生秘話

パトリシア・ハイスミスは海外旅行好きで、旅先で気に入った場所にめぐり合うと、そこにしばらく滞在する生活を送っていた。彼女が描くトム・リプリーというキャラクターは、そんな彼女のライフスタイルから生まれた。ハイスミスの自宅を訪問しインタビューした南川三治郎氏によると、リプリー誕生のきっかけは、彼女が南イタリアのアマルフィ海岸ぞいのリゾート地ポジターノに旅行したときだった。波打ち際を歩いていた不良っぽい青年が彼女の目に留まり、リプリーのイメージと『太陽がいっぱい』の構想が閃いたという（註1）。

序論　ジェントルマンに成りあがった男

パトリシア・ハイスミス作の『太陽がいっぱい』(原著一九五五年刊)、『贋作』(原著一九七〇年刊)、『死者と踊るリプリー』(原著一九九一年刊)を三部作と捉え論じていく。『太陽がいっぱい』で詐欺師トム・リプリーが紳士に成りあがり、『贋作』と『死者と踊るリプリー』で仲間と紳士同盟を結んで悪事を働き、敵と対峙し課題に立ち向かっていく姿を連作として描くことで、作者ハイスミスがリプリーに託して何をわたしたちに伝えようとしたのか、読者はなぜリプリーを魅力的なキャラクターと感じることができるのか、というテーマに迫っていく。あわせて、この三作を三部作として読み解くことで見えてくる面白さも伝えたい。

ハイスミスの作品中唯一のシリーズ物の主人公トム・リプリーは、ヨーロッパ近代の申し子だ。なぜなら、彼は自身の才能だけをたよりに成りあがった男だから。イギリス発の産業革命、アメリカ合衆国の建国、フランス革命、こういった画期的な出来事が、自由や平等や民主主義といった観念を普遍的な価値にまで高め、人々の成りあがりを一層可能にした。

ヨーロッパ近代の「成りあがりもの」とは、自力独行＝ポジティブでアクティブな、立身出世を目指す人たちのことだった。ただし「成りあがりもの」を肯定的に捉えるだけでは、ヨーロッパ近代の歴史を理解したことにはならないし、リプリーというキャラクターを理解したことにもならない。

吉田健一氏は、ヨーロッパ近代の成りあがりものについて以下のように述べている。

『中産階級の出現も十九世紀のヨオロッパの性格を決定するのに大きな役割を演じている。それが自由、平等の観念が普及した結果であることは説明するまでもないが、この階級がそれまでの支配階級、例えば貴族、僧侶、知識人などに取って代わったことは実質的には自由とも、平等とも、また博愛とも縁がないなり上りものの一団が構成されたということで、それはなり上りものであるから他のものを模倣することで個性を失い、あるいは依怙地にそれに執着することでそれを歪めた』(『ヨオロッパの世紀末』岩波文庫七四‐七五頁)

『なり上りものの一団』＝中産階級は、『他のものを模倣することで個性を失い、あるいは依怙地にそれに執着することでそれを歪めた』と吉田氏は主張した。個性を失うか、あるいは個性を歪める、これはまさしく本稿の主人公トム・リプリーにあてはまる。「成りすまして成りあがる」、これが彼の選んだ生き方だからだ。

他方で米国ボストン生まれのリプリーは、アメリカン・デモクラシーの申し子でもあった。彼は自由と平等を建国理念に掲げたアメリカでその価値観を満喫できたはずだった。しかしそうはならずに米国社会からドロップアウトしてヨーロッパへ向かった。そんなリプリーの考え方や生き方を捉えるためのキーワードが「ジェントルマン＝紳士」だ。「ジェントルマン」という言葉の歴史について、一九世紀フランスの著名な思想家アレクシス・ド・トクヴィルは以下のように述べている。

『イギリスでは、種々の社会階層が相互に接近し融合するにつれて、「ジェントルマン」の意味が拡大されていくのが見られるだろう。各世紀ごとに、この言葉は少し下のほうの社会階層にも適用されるようになっていく。ついに「ジェントルマン」は、イギリス人によってアメリカにも伝えられた。アメリカでそれは、全市民を一様に指す言葉となっている。「ジェントルマン」の歴史は、民主主義の歴史そのものでもある』（『旧体制と大革命』ちくま学芸文庫二二五頁）

トクヴィルのこの見方に対し、吉田健一氏は先に引用した『ヨオロッパの世紀末』の中で、日本に導入された「紳士」という言葉の歴史についてその歪みを指摘した。

『それ（＝紳士――引用者註）は自由、平等を愛し、酒も飲まず、たばこを吸わず、女を丁寧に扱い、謹厳そのもので、それでも人間かと思われる代物であり、その禁欲的な面が儒教で育った当時（＝明治――引用者註）の日本人の好みに適ったということは解っても、日本の士というのが人間を人間たらしめる生きた観念である点でいずれもヨオロッパの十八世紀の産物である英国のgentry、あるいはフランスのhonnêtes gensに呼応するものであるのに対してこの紳士というのはそのどれでもないためにその原語も明らかでない。しかしとにかくこれが十九世紀のヨオロッパで人間らしい待遇を受けるのに誰もが着けていなければならなかった仮面であることは紛れもなくて、そうした外観だけから言うならばヨオロッパの十九世紀というのはgentlemanもhonnêtes gensもいない紳士ばかりの時代だった』（前掲岩波文庫七三－七四頁）

一九世紀以降のヨーロッパの歪みは、自由や平等や民主主義といった価値観に基づく諸個人の生き方をも歪めてしまった、したがって、成りあがって紳士となった人たちは仮面をつけて生きることになった、というのが吉田氏の見解だ。リプリーは、まさしくその歪みの体現者だ。これから論じていく三作品で描かれているのは、コンマン（詐欺師）でありながらジェントルマン（紳士）の仮面を着けたリプリーが、課題に立ち向かい、その課題を歪んだかたちで解決していく姿であった。

1　『太陽がいっぱい』——詐欺師の「才能」

トム・リプリーの「タレント」

『太陽がいっぱい』の二つのタイトル——原題と邦訳——の考察から始めよう。『太陽がいっぱい』の原題は“*The Talented Mr. Ripley*”である。直訳すれば『才能あるリプリー氏』。どのような才能を彼はもっているのか。原文の中で“talent”という言葉を使ってリプリーの才能についてふれている箇所が二つある。

一つめは役者になるための才能だ。二〇歳のとき彼は、俳優になる夢をもちニューヨークへやってきた。自分には十分才能があると思っていた。しかし、オーディションに三回続けて不合格になり、自分には才能がないとあきらめた。

もう一つは数学の才能だ。彼はこうつぶやいた。

『彼には数学の才能があった。それで金を稼げる場所が、どうしてどこにもない

のだろう』（本書一四頁）

リプリーに簿記や税理士の資格があったとの記述はないが、後述するような税金がらみの詐欺の手口や、知人の所得税を合法的に少なく算出し感謝されたとの記述があることから、彼は計算能力が高かったことをうかがわせる。それでも大都会ニューヨークでの職探しはうまくいかない。

二つの才能を活かすことができなかったリプリーは、原文中では"talent"として描写されていない「タレント」に活路を見出すことになる。

『どこかヨーロッパの会社のセールスマンになり、世界を股にかけるのもいい。（中略）トムは車の運転もできるし、計算もはやいし、年老いたおばあちゃんも退屈させないし、お嬢さんをダンスにエスコートすることだってできる。彼は万能で、世間は広い！』（本書五〇頁）

『ぼくはなんだってできるんだ――ボーイだって、子守だって、経理だってできる――不幸にして、ぼくには計算の才能があるんだよ。（中略）サインだって真《ま》似《ね》ることができるし、ヘリの操縦もできる。ダイスも扱えるし、どんな人の物真似だって、料理だってできる――それに、ナイトクラブのレギュラー出演者が病気になったら、ワンマンショーだってやれるさ』（本書八〇頁）

一つめの引用は、ヨーロッパへ向かう船上でのリプリーの独白である。二つめの引用は、イタリアで出会ったばかりのディッキーが、リプリーにきみは何ができるのかとたずねたときの彼の答えだ。リプリーが列挙した中で、就職に活かせる才能は計算に強いことくらいである。だが、ここで筆者が注目したいのは、リプリーが、「万能」（原文versatile）とか『なんだってできる』ことを、自身の「タレント」とみなしていることだ。『サインだって真似ること』、『どんな人の物真似だって』やれることは、後のリプリーの詐欺行為を暗示させるのだが、そういった悪だくみすら彼にとっては才能の一部なのだ。リプリーのこういった発想は、彼がヨーロッパ近代の申し子であったことを物語っている。どういうことか？ イギリスの著名な歴史家エリック・ホブズボームは以下のように述べた。

『二つの革命（産業革命とフランス革命――引用者註）の決定的な業績は、次のようなものであった。つまり、それらは才能にたいしてあるいは、とにかく活動力や抜け目なさや勤勉や貪欲にたいして立身出世の途をひらいたのである』

（『市民革命と産業革命——二重革命の時代——』邦訳岩波書店刊。三〇六頁）

つまりヨーロッパ近代は、才能だけでなく、「活動力」や「抜け目なさ」や「勤勉」や「貪欲」にも等しく立身出世の道をひらいたのであり、成りあがることができた者が、結果的にあとづけで、自分には才能があったんだと振り返ることのできた社会であった。

もう一つ筆者は指摘しておきたい。料理ができてワンマンショーもできるリプリーは、現代日本を席巻する「マルチタレント」を彷彿とさせる存在だ。このリプリーの「タレント」こそは、いまや日本でおなじみの言葉となった「タレント」や「マルチタレント」へとつながっていく才能なのだ（註2）。

作者ハイスミスは、リプリーの描写を通じて、生涯一つの才能や技術や芸を磨いていくプロフェッショナルとは別の「タレント」の在り方を読者に提示した、と筆者は考える。彼女は、複製技術が蔓延する近現代社会では、才能の発揮の仕方には様々なかたちがあること、リプリーのようなマルチな才能をもった人々が成りあがることができること、を本作で描こうとした。

なぜイタリアへ向かったのか

邦訳書のタイトルの考察に移ろう。『太陽がいっぱい』というタイトルは、アラン・ドロン主演映画のフランス語原題"*Plein Soleil*"に由来する。

リプリーが向かった先はディッキーのいるイタリアのモンジベロ（実在する南イタリアのリゾート地ポジターノをモデルにした架空の町）だ。作者ハイスミスがイタリアをリプリーの目的地としたのは、のちに彼が正統派紳士へと成りあがっていくプロセスと無縁ではないと筆者は考える。どういうことか？

イタリアは、何よりもまずヨーロッパ文明発祥の地の一つであり、ルネサンス発祥の地でもあり、ヨーロッパ的教養を身につけることができる格好の場であった。

近代のイギリスには、イギリス紳士の息子たちが、ジェントルマン教育の一環でイタリアおよびフランスに遊学する「グランド・ツアー」の習慣があった。また、ゲーテの『イタリア紀行』に代表されるように、ドイツ人にとってもイタリアはあこがれの国である。ヨーロッパ人には、光は南欧から射

イタリア ローマの世界遺産コロッセオ
古代ローマ帝国の栄華の象徴。

していたのだ。この場合の「光」は、太陽光線だけでなく、歴史の重みや、「光」を受容する側の人々のあこがれにも由来するものがあった。

イタリアは田舎が美しい国でもある。『太陽がいっぱい』でリプリーは、事情聴取にやってきたイタリア人警部が、所在がすぐわかるよう田舎ではなく都会にいてくれと彼に頼んだときに以下のように応えた。

『「ほんとうに田舎はいいですよ！」トムは本気でそう言った。「ぼくが思うに、イタリアはヨーロッパでいちばん美しい国です」』（本書二八七頁）

イタリアでルネサンス文化を体感したリプリーはその後ギリシャへ向かう。彼はルネサンス時代の人々さながらに、古代ギリシャへの回帰を目指したのだろうか。ギリシャへの旅を想像しながらリプリーはこうつぶやいた。

『ヴェネツィアからアドリア海をくだって、イオニア海へ入り、クレタ島へ向かうのだ。（中略）六月。六月《ジューン》、なんと甘味でやわらかな言葉だろう。澄みきっていて、気怠《けだる》くて、太陽がいっぱい（原文full of sunshine——引用者註）だ！』（本書

三三九頁）

どうやら『太陽がいっぱい』というタイトルは、映画のタイトル由来であることはその通りだとしても、"*Plein Soleil*"というタイトルこそが、原作の"full of sunshine"からとられていたのかもしれない。

ヴェネツィア サンマルコ広場

トム・リプリーはヴェネツィアで宮殿に暮らし紳士修業に励んだ。

アテネ アクロポリス

ギリシャ クレタ島

近代に建国されたアメリカに古代や中世の歴史はない。アメリカ生まれのリプリーにとって、ギリシャやイタリアは歴史を学ぶ場所でもあった。

詐欺師リプリー

　ここでリプリーがニューヨークを脱出し、イタリアへと向かった経緯を説明しておこう。リプリーが読者の前に現れたとき、彼はすでに詐欺師で悪党だった。

　俳優になる夢をあきらめたリプリーはどうやって生計を立てていたのか。所得税詐欺によってである。米国国税庁職員に成りすまし、税金をきちんと納めていない（とリプリーがあたりをつけた）人々へ督促し、偽の私書箱へ送られてきた不足分の小切手をまんまとせしめていたのだ。『太陽がいっぱい』の冒頭、ニューヨークの街中で、彼は警察に追われる身として登場する。

　そんなリプリーに願ってもない話が舞い込んだ。ディッキー・グリーンリーフの父親ハーバートが、イタリアにいる息子を連れて帰ってきてほしいとリプリーに依頼する。彼はリプリーを息子の友人と勘違いしていた。まさしく、詐欺師のもとにカモが現れたのだ。リプリーはディッキーの友人に成りすまし、ハーバートから出身大学を聞かれると名門プリンストン大学出身だと学歴を詐称し、現在の勤め先を聞かれると広告代理店勤務だと偽り、信頼させておいてハーバートの依頼を承諾した。

　リプリーとディッキーは同い年だ。ハーバートから息子の近況を聞きながらリプリーはこうつぶやく。

『ディッキーはたぶん、向こうでおおいに楽しんでいるのだろう。収入も、家も、ヨットもあるのだ。帰る気が起こるわけがなかった。(中略)ディッキーはめぐまれた男だ。だが自分は二十五歳にもなって、いったい何をしているのか? その日その日をどうにか暮らしていた。貯金もない。いまは生まれてはじめて警察の目を気にして生きている』(本書一四頁)

どうやらリプリーは、ディッキーを連れて帰るというミッションに本気で取り組むつもりなどない。ハーバートの依頼は、ニューヨークでくすぶっていた彼には、罪から逃れ、立身出世を目指す一石二鳥の提案だった。

紳士に成りすます

リプリーは新天地で紳士になることを目指していた。ヨーロッパへ向かう船の中で彼は早速イメージトレーニングを始めた。リプリーは船内にある服飾品の売店で帽子を購入した。「ジェントルマン=紳士」をキーワードに論を進めていく本稿なので、些細なことだがふれておこう。「服飾品の売店」(角川文庫青田勝訳では「紳士用品販売所」)の原文は"Haberdashery"。イギリス、アメリカの紳士用品店を指す言葉だ。このように用語の選び方一つとっても、リプリーを紳士に成りあがらせようとする作者ハイスミスの意図が読み取れる。紳士は身だしなみが大事というわけで、リプリーは様々なイメージづくりを楽しんだ。

『かぶり方によっては、田舎住まいの紳士(原文country gentleman――引用者註)にも、殺し屋にも、イギリス人やフランス人にも、あるいは、よくいる変わり者のアメリカ人のようにも見える。(中略)いまの彼は、プリンストンを出て間もない、不労所得のある青年だ』(本書四九頁)

リプリーがイメージしたのは、「ジェントルマン」ではなく、「カントリー・ジェントルマン」(註3)だったことに筆者は注目する。リプリーにとって両者は決定的に違う。どういうことか?

先に引用したトクヴィル『旧体制と大革命』によれば、アメリカ人の言葉の用法では、すべての市民が「ジェントルマン」と呼ばれていた。だからアメリカ人リプリーにとって「ジェントルマン」とは、現実のアメリカ社会で例えれば、テレビのバラエティ番組のホスト役がお茶の間に「レディース&ジェントルメン!」と呼びかけるときのあの「ジェントルメン」の一人なのだ。

それに対して「カントリー・ジェントルマン」は、田舎=地方に広大な土地をもち、広大な屋敷に住む紳士のことであり、イギリスはじめヨーロッパ各地で歴史的（何代にもわたって）に形成された社会階層である。先述の引用に『不労所得のある青年』とわざわざ断り書きがある通り、地主（＝働かない）という正統派紳士になることをリプリーが目指していたことに注意しておこう。

ディッキーに成りすます

リプリーの立身出世への道は、ディッキーと出会ったために軌道修正を余儀なくされた。ディッキーをアメリカへ連れて帰るというミッションは案の定失敗した。パトロンのハーバート・グリーンリーフからクビの宣告がきた。ディッキーの家に居候させてもらっていたが、ディッキーのガールフレンドのマージの妬み（なぜ彼はあなたに四六時中くっついているの？　リプリーはホモ（註4）じゃないの？）を買い、ディッキーの態度が急変した。ディッキーとの別れが決定的となり、二人で行く最後の旅行になると思われたサンレモ行きの列車の中でリプリーは殺意を固め、すばらしいことを思いついた。

『自分がディッキー・グリーンリーフになればいい。ディッキーのやっていたことがすべてできるわけだ。（中略）ローマかパリのアパルトマンに住み、月々の送金小切手を受けとって、ディッキーのサインをそっくりまねるのだ。彼の靴はぴったりだった。父親のほうのミスター・グリーンリーフも言いなりにさせることができるだろう』（本書一三九頁）

窮地に立たされ詐欺師の本性をさらけ出したリプリーだった。このままずごすごとアメリカに帰国するなりヨーロッパを放浪するのではなく、自分の「タレント」を活かして夢をかなえようとした。夢をかなえるためなら、犯罪歴に殺人を加えることを躊躇しないリプリーだった。

リプリーはディッキーをボート乗りに誘い、彼を殺害した。ディッキーには海がふさわしいのだとリプリーは考えた。なぜならディッキーは造船会社社長の息子であり、モンジベロでは自分のボートを所有し乗り回していたのだから。また、死体隠しを完璧に行うためにもモーターボートに乗るのがうってつけだった。モーターボートに備えつけてあるロープで彼を縛りつけ、コンクリートの錘《おもり》を重しにして死体を沈めた。

初めての殺人をリプリーはなぜここまで冷静に計算し、実行できたのか。彼がすでにディッキーに成りきっていたからだと筆者は考える。幼少のころ、両親がボストン港で溺死したためリプリーは水嫌いになっていたが、ディッキーに成りすますという役づくりに没頭するうち、彼は水嫌いをいつのまにか克服していたのだろう。リプリーは船上でディッキーに乗り移り、水嫌いだった自分を完璧に消去したのだ。

紳士たちの指輪Ⅰ

『太陽がいっぱい』、『贋作』、『死者と踊るリプリー』を三部作として読み進むうち、筆者は、登場人物たちの指輪をめぐる物語も三部作構成であることに気づいた。実際、三部作のラストを飾る『死者と踊るリプリー』は、リプリーが指輪をフランス・ロワン川へ投げ捨てる場面で一件落着となる。登場人物たちの指輪に関する描写は、三作それぞれの物語の進行と結びつき、三作間を結びつける重要な要因としても機能している、と筆者は読み解いた。以下、紳士たちの指輪を、Ⅰ、Ⅱ、Ⅲの三部構成で考察していく。

リプリーが正統派紳士を目指すきっかけとなったのは、ディッキーをイタリアから連れて帰ってくるミッションの打ち合わせのため、彼がグリーンリーフ家を訪問したときだったと筆者は推測する。彼はハーバート・グリーンリーフがはめていた指輪に目を留めた。

『ミスター・グリーンリーフが小指にしているほとんど磨《す》り減った認印つき金の指輪に、トムはじっと視線をそそいだ』（本書一七頁）

ここで筆者は想像をたくましくしたくなる。指輪は昔から、装飾や結婚のしるしとしてだけでなく、王や貴族など高貴な身分の象徴としても機能してきた。はたしてハーバート・グリーンリーフは由緒ある家系の出身なのだろうか。彼がはめている指輪は「認印（原文Signet――引用者註）つき」だ。ヨーロッパの歴史では、貴族が認印つきの指輪をはめ、記録文書や手紙などの認印にそれを用いたという。「磨《す》り減った」とあるので、代々にわたり受け継がれてきたものではないか。リプリーはそのことを見てとり、羨望の眼差しをそそいだのだろう。

リプリーは、ディッキーのモンジベロの自宅を初めて訪問したとき、彼も父親同様に認印つきの指輪をはめていることに気づいた。

『彼はひまつぶしに、ディッキーの指輪の品定めをした。どちらもいい指輪だ。右手の薬指には大きな長方形の緑色の石がはめこまれた金の指輪、左手の小指には認印つき指輪で、これはミスター・グリーンリーフがしていたものより大きくて派手だった』（本書六九頁）

ボートのオールでディッキーを殺害した後、リプリーは真っ先にディッキーの緑の指輪を引き抜いてポケットにしまい込んだ。続いて認印つきの指輪も抜き取った。なぜまず指輪なのか？

指輪を自分のものにすることが、ディッキーに成りきるための証であり、紳士に成りあがった証でもあったから、きっとそうしたのだ、と筆者は考える。その後、ボートから落ちて自分も瀕死の経験をした。助かってすぐポケットの指輪を手探りした。

『ディッキーの指輪が気がかりで、ポケットのなかを探った。指輪はまだそこにあった。なくなっていてもおかしくなかったのだ』（本書一四九頁）

自身の死の瀬戸際でもディッキーの指輪に執着するリプリー。ディッキーに成りすまし、紳士に成りあがるという彼の決意は固かった。

これ以降リプリーは、犯行発覚の手がかりになると承知の上で、小物入れの箱にディッキーの二つの指輪をしまっておいた。後にこれがあだになった。ヴェネツィアのリプリーの家をマージが訪問し、ディッキーの指輪を発見した。リプリーはディッキー殺害をマージに気づかれたと覚悟した。ところがマージは、大切にしていた指輪をリプリーにあげるくらいだから、ディッキーは自殺したかあるいは別人に成りすまし失踪したのだと納得した。自分の指輪を他人にあげるディッキーなど考えられない、彼は自身のアイデンティティーを放棄したのだ、とマージは言った。ディッキーの父親ハーバートも同意見だった。

サンレモで、ボートから荒波に放り出されてもリプリーの体を離れなかったディッキーの指輪が、彼の窮地を救った。

真贋Ⅰ

フェイクニュースやフェイク動画が世間を騒がせている。人はうそよりも正直や真実や真相を好むが、「うそから出たまこと」という言葉がある通り、うそだからといって無視してばかりもいられない。フェイクを仕掛ける側はというと、人を楽しませるためにはもっともらしいうそが必要であることを承知しているから始末が悪い。彼らの行為がエンターテイメントに通ずることを意識している。作者ハイスミスが詐欺師リプリーを主人公にすえたとき、彼女もまたフェイクで読者を楽しませようとしていたのだろうか。あるいは、夢を追いかけるリプリーの姿を、うそ偽りなく描こうとしたのだろうか。おそらく作者ハイスミスには、本物と偽物を、うそとまことを、二項対立として捉える考えはなかったと思われる。以下、『太陽がいっぱい』、『贋作』、『死者と踊るリプリー』の三作で描かれた真贋をめぐる問題を、「真贋」Ⅰ、Ⅱ、Ⅲの三部構成で考察していく。

リプリーは、偽物を本物らしく見せる自分の「才能」にあぐらをかいていたわけではない。

ナポリ銀行からディッキー宛てに送られてくる小切手にサインする際は何度も練習した。自分の財産をリプリーに譲るというディッキーの遺言書を偽造したときは、練習に三〇分を費やし（サインの練習に三〇分はかなりの長さだ）、『これがディッキーのものでないと証明できるなら、証明してみるがいい』と、気合を入れてサインした。この気合が通じたわけではないだろうが、これは本人のサインだと専門の鑑定家が判断し、リプリーはピンチを切り抜けた。マージは、恋人ディッキーをリプリーに殺害されたとは知らず、サイン疑惑がもちあがったとき、『偽筆だなんて、わたしには信じられない。ディッキーは人間がすっかり変わってしまったから、筆跡まで変わってしまったんだと思うわ』と意見を述べた。リプリーは、素知らぬ顔でその意見に同意した。

ところで、トム・リプリーシリーズを読み進むと明らかになっていくのだが、リプリーの才能の中で特にすぐれているのは、他人に成りすますこと＝ものまねだ。ということは、彼には役者の才能があったということだ。ディッキーと自分を見事に演じ分け、一人二役でディッキーの両親とマージを騙し、警察を騙した。ディッキー殺害の後、彼に成りすまして逃避行を続けながら、彼はこんなことを考えていた。

『変装で肝心なのは、なりすましている人物の雰囲気と性格をうけつぐことであ

り、その雰囲気と性格に合った表情を身につけることだ（中略）あとは、なんとか様になるものだ』（本書一八一－一八二頁）

これは詐欺師の変装術というよりも役者の演技論だ。ニューヨークで役者になる夢をあきらめたリプリーだったが、ディッキーに成りすますというアイデアを思いつき、いったんあきらめた役者になる夢を歪んだかたちで実現させた。そして、ディッキーの遺言書を偽造し、彼の財産を譲り受けることに成功した。働かずに生計を得る紳士への道が約束された。ただし他人の財産の相続による立身出世は、アメリカの価値観――他人をあてにせず、自らの力で、勤労の精神で、財を築く――に背くものだった。

なぜヨーロッパへ向かったのか

『太陽がいっぱい』の執筆中に、作者ハイスミスはトクヴィルの『アメリカのデモクラシー』を読んでいた（註5）。この事実は、本稿の論述に重要な意味を帯びてくる。どういうことか説明しよう。

周知の通り『アメリカのデモクラシー』でトクヴィルは、多数者の圧政という民主主義の矛盾に直面しつつも、アメリカのデモクラシーの発展に、自身の母国フランスのみならず、人類の進むべき未来を見出そうとしていた。ところが作者ハイスミスはリプリーに、自由と平等の国アメリカに見切りをつけさせ、ヨーロッパへと向かわせた。リプリーが実際に向かったのはイタリアだが、彼の頭の中では行先はヨーロッパだ。なぜヨーロッパがいいのか。そこがかつては身分制社会であり、いまもまだ階級社会だからだ、と筆者は読み解く。

先述の通り、リプリーはヨーロッパで正統派紳士＝カントリー・ジェントルマンになることを目指した。アメリカにとどまれば、建前としてみな平等にジェントルマンになれたろう。だがそれは、ディッキーの境遇との不平等に悩む彼がなりたいものではなかった。リプリーにとってアメリカ社会は、機会は平等に開かれていても、結果的に不平等な世の中だったろう。トクヴィルは『アメリカのデモクラシー』でこう述べた。

『アメリカのほとんどすべての植民地は互いに平等な人々によって、またはこれらの植民地に住んでいる間に平等になった人々によって創設され、維持されている。新世界にはヨーロッパ人が貴族階級をつくることができるような地域は一つもない』（『アメリカの民主政治』講談社学術文庫（中）一八二頁）

だから地位と名誉がほしいリプリーは、アメリカに背を向けヨーロッパへと向かったのだ。

2 『贋作』――紳士同盟のゆくえ

『太陽がいっぱい』のラストシーン。ギリシャへ向かう船の中でリプリーはこんなことを考えていた。

『画家になりたいとは思わなかったが、金さえあれば、気に入った絵を収集したり、才能のある若くて貧しい画家を援助したかった。それは最高に楽しいだろうという気がした』（『太陽がいっぱい』三九四―三九五頁）

『贋作』でリプリーはこの想いを歪んだかたちで実現した。彼自身の趣味と実益を兼ねて。彼の詐欺師としての才能を駆使して。

田舎紳士リプリー

ディッキーの遺産を騙し取ることに成功したリプリー。あれから六年がたち、三一歳になった彼は、フランスのヴィルペルス（パリ国際空港から南へ六五キロ、フォンテーヌブローから二〇キロほど離れた架空の村）という小さな村で、あこがれの田舎紳士になっていた。彼は二八歳のとき、フランス製薬会社社長の娘エロイーズと結婚。エロイーズの父からプレゼントされた豪勢なお屋敷（三メートルの鉄門！）で暮らしている。たまにロンドンに出かけたときは、おきまりの儀式のように、紳士用品店（原文Haberdashery。前掲）で絹のパジャマを購入する。そんな贅沢な暮らしぶりだが、彼には地代収入はない。成りあがりのリプリーは田舎紳士の仮面をつけているだけだ。だが、オリジナルとコピーを並べて、これは本物であちらが偽物と区別することにどれだけの意味があるのか。『太陽がいっぱい』に続き『贋作』でも、このテーマについてわたしたちは考えさせられることになる。

なぜフランスに定住したのか

なぜリプリーはフランスに定住したのか読み解いてみよう。ヒントをくれるのは、『アメリカのデモクラシー』のトクヴィルとほぼ同時代を生きたフランス人作家スタンダールの『赤と黒』だ。その中で、主人公ジュリアンにシェラン司祭が訓戒をたれた。

『いいかな、聖職者に向いていないのに、聖職者になるくらいなら、尊敬すべき教養あるりっぱな田舎紳士になるがいい』（新潮文庫上巻八六頁）

野心家のジュリアンは、軍人で出世することがかなわず、立派な聖職者にもなれそうにない。そんな彼にシェラン司祭がすすめる。成りあがりたければ田舎紳士になりなさい、と。ジェントルマン発祥の地イギリスでは、地主＝ジェントルマンという正統派のコースを歩まず（歩めず）、「疑似ジェントルマン」（註6）になって生計を立てる社会階層が形成され、ジェントルマンになるための身分的な障壁は存在しなかった。これに対してフランスは、イギリスに比して身分の流動性は低く、田舎紳士への道は狭き門だった。この伝統が根づいているフランスこそ、ヨーロッパで正統派紳士＝カントリー・ジェントルマンになることを目指したリプリーにうってつけの国だ。また、フランス語はヨーロッパ上流社会の共通語であったことも、上流志向のリプリーにとって、フランス定住の決め手になったのではないか、と筆者は想像する。

紳士同盟のほころび 紳士協定の破綻

『贋作』を読み解くキーワードは「紳士同盟」だ。本稿第一節で紳士をキーワードにしたことつなげるためだが、『贋作』はジェントルマン発祥の地イギリスを主な舞台にしており、作中でリプリーと紳士同盟を結成する三人――エド（ジャーナリスト）、ジェフ（写真家）、バーナード（画家）――は、いずれもロンドンで暮らすイギリス紳士だ。紳士同盟という言葉は内実を伴う。

筆者が紳士同盟という言葉を使用する際には、ジョン・ボーランドの『紳士同盟』（原著一九五八年刊。邦訳二〇〇六年、松下祥子訳。ハヤカワポケットミステリ）や、小林信彦氏の『紳士同盟』（扶桑社文庫二〇〇八年。単行本一九八〇年刊）といった、共犯者同士の絆やつかず離れずの関係を描いたコン・ゲーム小説を意識している。作者ハイスミスは自分の作品のジャンル分けに無関心だったようだが、本作が詐欺師リプリーのコン・ゲームを描いた作品である以上、筆者としては『贋作』がコン・ゲーム小説であることにこだわりたい。リプリーは田舎紳士に成りあがっても、いまだ詐欺師であることをやめない。いや、やめられないのだ。ディッキーの遺産と妻の両親からの支援だけでは、贅沢な暮らしは続けていけない。

そもそも、リプリーが『太陽がいっぱい』で犯した罪は仲間を必要としなかった。あれから六年がたち、立派な紳士に成りあがった彼には、紳士同盟を立ち上げる資格と余裕ができたのだろう、と筆者は想像する。なお、本稿では、リプリーと仲間たちとの紳士同盟をおびやかす存在に対して、リプリーが身を守るために仕掛ける行為を「紳士協定」と呼ぶことにする。紳士同盟や紳士協定に友情や愛情はあってもなくてもいい。肝心なことは、お互いを紳士として認め合うということだ。

紳士同盟という言葉を使用するもう一つの意図は、同盟（および協定）を結ぶという行為が、ヨーロッパ近代の歴史が作り上げてきた社会契約の観念に基づいている、ということを示唆したかったからでもある。『贋作』でもリプリーは、歪んだかたちではあるが、ヨーロッパ近代の申し子として行動していた。


『贋作』でのリプリーの詐欺の手口は、死亡した高名な画家ダーワットの贋作だ。ダーワットを敬愛するエド、ジェフ、バーナード、シンシア（バーナードのガールフレンド。バーナードがダーワットの贋作に加担したことがきっかけで二人は破局した）は、残されたダーワットの絵やデッサンを売り、これがあたった。本物のダーワット作品が底をつき、詐欺師リプリーに絶好のビジネスチャンスが到来した。ロンドンで彼らと知り合いになっていたリプリーは、画家のバーナードにダーワットの贋作をすすめた。ダーワットはメキシコで隠遁生活を送っていることにして、絵が完成したらダーワット商会へ送ってくる、というアイデアを出したのもリプリーだった。そして彼は、いまや絵の販売だけでなく、ダーワットのグッズ類の販売など様々な事業に手を出すダーワット商会から利益の一〇％を受け取っていた。

ロンドンのジェフから報告があった。順風満帆だった贋作ビジネスがばれそうになっている、絵画コレクターのトーマス・マーチソンが、自分が購入したダーワットの作品『時計』が贋作ではないかと疑っている、というのだ。事態解決に向けリプリーはすばらしいアイデアを思いついた。

『変装してダーワットになりすましたらどうだろう。そうだ、それがいい！　これこそ解決法だ、完全な、そして唯一の解決法だ』（本書二一頁）

『太陽がいっぱい』でディッキーに成りすましたときの再現だ。自分の閃きに嬉々とする詐欺師リプリーの「解決法」は、世間の目から見れば詐欺でしかないのだが。リプリーはもともと役者志望で、ものまねが得意だったこともあり変装はお手の物だ。ダーワット本人がその絵はわたしの作品だと言えば、マーチソンはそれを否定するわけにはいかないだろうという魂胆だ。リプリーはふたたび役者としての才能にスイッチを入れた。

しかしマーチソンは、ダーワット本人（実はリプリー）を前にしても自説を曲げない。説得に失敗したリプリーはマーチソンに紳士協定をもちかけた。ダーワットはすでに死んでいる、画家バーナードが贋作者だ、バーナードは、友人だったダーワットの絵を贋作していたことがバレたら自殺でもしかねない男だ、どうか見逃してやってくれ、と。マーチソンはリプリーの泣き落としにも態度を変えることなく、彼からプレゼントされた赤ワイン（マーチソンが好きなマルゴー）を、お前からは受け取れないと突き返した。プレゼントとして渡したワインを突き返されたことは、紳士リプリーには極めて屈辱的だったと筆者は推測する。リプリーはかっとなり、突き返されたマルゴーの壜を振り上げていた。

リプリーはマーチソンと夕食をともにし、彼を紳士と認めたからこそ紳士協定をもちかけた。リプリー自慢の自宅地下室のワインセラーへマーチソンを案内し、上等のワインを贈答した。しかし自身の紳士の誇りを傷つけられたため、また贋作がばれることを防ぐためにも、彼を殺してしまうはめになった。

真贋Ⅱ

『贋作』は、絵画を題材にしながら、真贋をめぐる重要な問題について問いかけてくる。まず、「本物か偽物か」と問うことにどれほどの意味があるのか、という問題だ。

小林秀雄氏は、真贋をテーマにとても面白い文章を書いている。

『ニセ物は減らない。ホン物は減る一方だから、ニセ物は増える一方という勘定になる。需要供給の関係だから仕方がない。例えば雪舟《せっしゅう》のホン物は、専門家の説によれば十幾点しかないが、雪舟を掛けたい人が一万人ある以上、ニセ物の効用を認めなければ、書画骨董界は危殆《きたい》に瀕《ひん》する。商売人は、ニセ物という言葉を使いたがらない。ニセ物と言わないと気の済まぬのは素人《しろうと》で、私なんか、あんたみたいにニセ物ニセ物というたらどもならん、などとおこられる』(「真贋」。『モオツァルト・無常という事』所収。新潮文庫二二九頁)

詐欺師リプリーは、「ニセ物の効用」をむろん知っていた。ダーワット作品は商売になるとふんでいた。では、マーチソンには真贋を見抜く目があったのだろうか。これは怪しい。なぜなら、彼が本物と確信していたダーワットの『オレンジ色の納屋』と『鳥の妖怪』は、バーナードの贋作だったのだから。彼は、これは偽物ではないか? などと疑わずに、ただ絵画を鑑賞し、ダーワットらしさを楽しんでいればよかったのかもしれない。

私見では、作者ハイスミスは『太陽がいっぱい』で、マルチタレントの輩出を予言していた。複製技術が蔓延する近現代では、偽造の技術も含め、才能の発揮の仕方には様々なかたちがあること、リプリーのようなマルチな才能をもった人々が成りあがって地位と名誉を手にする様を描いた。本作では、『ニセ物と言わないと気の済まぬ』マーチソンを、プロとアマの境界線がくずれつつある複製技術時代の象徴的な人物——素人が専門家のように振る舞い、訳知り顔で何にでもコメントしたがる――として描いた、と筆者は読み解く。

真贋の問題はまた、自己のアイデンティティーを問うことにもつながってくる。リプリーは以下のように自問した。

『もし画家が自分自身の作品よりも贋作のほうを多く描いたとしたら、その画家にとっては贋作が自作よりもずっと自然な、ずっとリアルな、ずっとほんとうのものになるのではなかろうか？　贋作を描こうとする努力が最後には努力の域を脱し、その作品が第二の本性になるのではないだろうか？』（本書三三頁）

これはリプリーが贋作者バーナードについて述べたものだ。なぜリプリーはこんなことを考えるのか。バーナードによるダーワットの贋作が、芸術作品（＝虚実を超えて価値あるもの）だと信じているからだ。リプリーの自宅の暖炉の上には、バーナードが描いたダーワットの贋作『椅子の男』がかかっている。その反対側の壁には、ダーワットの真作『赤い椅子』がかかっている。リプリーはこの二枚の絵が、一方が本物でもう一方が偽物だということをほとんど忘れているほどだったが、自分自身のことは偽物だと自覚していた。

『本来なら暖炉の上という光栄な場所は、ダーワットの真作である『赤い椅子』が占めるべきだった。一番いい場所に偽物《にせもの》を置くなんていかにもぼくらしいな、とトムは思った』（本書九七－九八頁）

リプリーは自分が本物ではないことを認めている。この自己認識は、自分は田舎紳士の仮面をつけ、虚業＝詐欺で生計を立てている、という自覚と無縁ではないだろう。

一方バーナードは、敬愛するダーワットの贋作に手を染めてはみたものの、自分らしさの喪失とダーワットへの裏切り行為に苦しんでいた。実はバーナードは、紳士同盟の仲間たちに内緒でマーチソンに会い、ダーワット作品が贋作されていることを匂わせていた。紳士同盟への裏切り行為だが、それほどまでに彼は行き詰まっていたのだ。悩みをかかえたバーナードがリプリーの自宅を突然訪問した。

二人だけの紳士同盟 その結末

どうやらバーナードは、自分が犯した罪のために発狂寸前だ。贋作を描くことをやめると言い出した。リプリーはバーナードにマーチソンを殺したことを告白（リプリーは、他の仲間のエドとジェフには、マーチソンの説得に成功したとうその報告をしていた）し、死体処理を手伝わせて手を引けないようにし、共犯者の絆をより強固なものにしようとした。二人だけの紳士同盟が成立した。

しかし、いったんほころびを見せた紳士同盟はもとに戻ることはなかった。バーナードはリプリー宅から姿をくらました。数日後、ギリシャ旅行から戻ったリプリーの妻エロイーズが、地下室で首吊り人形を発見した。そこにはバーナードの置手紙が添えられていた。人形を自分の身代わりに殺害し、贋作を行ってきた過去の自分を消す、と。この場面で筆者は、ディッキーを殺害し、彼に成りすまして過去の自分を消した『太陽がいっぱい』でのリプリーを思い出す。二人の違いは、リプリーが過去を消して新しい自分に生まれ変わったのに対し、バーナードはただ途方にくれていたことだ。

バーナードの狂気はエスカレートしていった。リプリー宅に舞い戻った彼は、すべてはリプリーのせいだと二度にわたり彼を殺そうとした。なぜかリプリーはされるがままにしていた。この二人の危険な関係は、発狂したゴッホが、二度にわたり友人ゴーギャンを殺《あや》めようとし、その直後に自身の耳をそぎ落とした事件（註7）を彷彿とさせる。

リプリーは助かるのだが、自分は死んだことにしておいてバーナードのゆくえを追った。そして、ついにザルツブルグでバーナードを発見した。モーツァルト博物館でバーナードがリプリーに気づいてぎょっとし、逃げ出した。バーナードは自分が殺した男の幽霊を見たのだろう、とリプリーは考えた。かつてリプリーは、自分が殺したディッキーの幽霊を見たことがあった。人を殺した者の精神状態は理解できるのだ。自分を幽霊と思わせながら、リプリーにはバーナードこそが幽霊のように見えていた、と筆者は推測する。首吊り人形を身代わりに過去の自分を消去したにもかかわらず、まだ現世に未練を残す幽霊のように。バーナードはその後、夢遊病者のように、幽霊のように歩き続けた(幽霊に足はないが)。リプリーは、幽霊のように、ストーカーのように、彼の後をつけた。やがてバーナードは、ザルツブルグの町から八キロほど離れた山道に入り、崖から身を投げた(あるいは転落した)。

リプリーはバーナードへの友情から、彼を死に追いやった自分を責めたりもした。しかしバーナードの死は、ダーワット贋作の真相を闇に葬る絶好のチャンスなのだ。詐欺師リプリーは、どうやってごまかそうかと考えた。

『トムは、自分が本当はバーナードの自殺を心のどこかで願っていたのだ、ということを悟《さと》りはじめた。(中略)トムはまた、自分がバーナードの死体をほしがっていること、そしてその考えがいままでずっと心の底にあったことに気づいた。

もしバーナードの死体をダーワットのものとして使ったならば、今度はバーナード・タフツはどうなったのかという問題が残る。その問題はあとで何とかしようと、トムは思った』（本書四二一－四二二頁）

騙し通すために、バーナードの死体をダーワットの死体にすりかえることを思いついたリプリーは、徹頭徹尾知能犯であり詐欺師なのだ。

ところで、リプリーは妻エロイーズに、『あんな狂人（＝バーナード――引用者註）のことをなぜそんなに心配するの？』と聞かれたとき、『友情さ』と答えた。『友情さ』という答えは、半分は妻にダーワット贋作の真相を悟られないための言い逃れであるが、もう半分は本当の気持ちだ。リプリーのバーナードへの友情を理解するためには、『太陽がいっぱい』に戻る必要がある。『太陽がいっぱい』でリプリーは、ディッキー・グリーンリーフにあこがれ、彼の服をこっそり着たりして彼との一体化をはかったが、ディッキーに嫌われ、彼を殺してしまうはめになった。そんな彼にとって、ダーワットと一体化できず苦しむバーナードは、自分の鏡を見るような存在だった。ただしリプリーは、バーナードと違い、自分らしさを保つことができた。なぜなら、詐欺師という自分のアイデンティティーに揺るぎがなかったからであり、自分は偽者であると自覚し、自分らしさについて悩むことなどなかったからだと筆者は考える。

紳士たちの指輪Ⅱ

リプリーは、『太陽がいっぱい』で奪い取ったディッキーの指輪を、『贋作』でもいまだ形見としてはめていた。彼は感傷的になっていたのではない。ディッキーがどこかへ旅立つ前にリプリーに自分の指輪をプレゼントしたというつくり話を、ディッキーの父親ハーバートも、ディッキーのガールフレンドのマージも、ともに信じたのだ。たとえリプリーが田舎紳士に成りあがり、新しい生活を始めていても、彼とディッキーの「友情」の証として、ディッキーの指輪を肌身離さずつけていなければいけない。

リプリーはダーワットに成りすますときは、ふだんはめている結婚指輪とディッキーの形見の指輪をはずし、メキシコで買った指輪をはめた。そうすることで、メキシコ在住（ということにしている）のダーワットに成りきることができた。

マーチソンは、二つの指輪――結婚指輪と卒業記念の指輪――をはめていた。リプリーは彼を殺害し川へ投げ捨てたとき、二つの指輪をそのままにしておいた。『死者と踊るリプリー』で彼はそのことを後悔することになるだろう。

バーナードの死体をダーワットの死体に見せかけるため、リプリーはバーナードの指輪をはずし川に投げ捨てた。バーナードの指輪は、磨り減った紋章（原文Crest）のような飾りがついている金の指輪だった。本作でバーナードは労働者階級の生まれとなっているが、これはエドとジェフがリプリーに伝えた話だ。もし指輪に彫られていたのが本物の紋章であれば、実はバーナード家は、由緒ある家系の出身だったのかもしれない（註8）。

先述の通り、リプリーはバーナードをザルツブルグで発見し、自分を幽霊と思わせたまま彼を自殺に追い込んだ。リプリーはそのことを『これは不思議な殺人だった』と、殺人であることを認めた。バーナードの証である金の指輪を川底に沈め、彼の体を燃やしたのはリプリーだ。たとえ死の瞬間に直接手をくだしていなかったとしても、リプリーこそが、バーナードをこの世から抹殺したのだ。

3　『死者と踊るリプリー』――紳士同盟ふたたび

『死者と踊るリプリー』で作者ハイスミスは、『太陽がいっぱい』、『贋作』とは違った、そしてシリーズの過去四作全体とも違った、これまでにない趣向を取り入れている。それは次の二点である。

①敵がストーカーであること。
②ホラー小説的な要素を取り入れたこと。

①②の考察から始めよう。

ハイスミス作品におけるストーカーの系譜

パトリシア・ハイスミスはストーカーを好んで取りあげた。ストーカー的行為が、殺意や殺人と同じく、人間心理と行動の不可解な謎を解く鍵として彼女を強く惹きつけるからだろう、と筆者は推測する。

ハイスミスの『愛しすぎた男』（原著一九六〇年刊）は、日本でストーカー問題が顕著となっていた一九九六年に、ストーカーをテーマにしたタイムリーな作品として日本に紹介された（註9）が、実は彼女は、長編デビュー作『見知らぬ乗客』（原著一九五〇年刊）からすでに、男性が男性につきまとうというかたちでストーカー的人物ブルーノを登場させていた。また、『ふくろうの叫び』（原著一九六二年刊）では、覗き魔の男性に覗かれた女性が、あろうことかその覗き魔と親睦を深めるうちに彼に恋してしまい、その女性が逆ストーカー行為に及ぶ。本稿の第二節で描いた、バーナードの後をつけるリプリーもある種ストーカーだ。

性別に関係なくストーカーには様々なかたちがあることを作者ハイスミスは描いてきた。彼女がストーカーたちを描くとき、原文で使用する言葉は"prowler"（＝うろつく者）だ。『死者と踊るリプリー』のデイヴィッドとジャニスのプリチャード夫妻も、リプリーや彼の妻エロイーズから"prowler"と呼ばれている。二人はリプリーにつきまとう。

不気味な隣人

敵はストーカーだという設定で興味深いのは、『死者と踊るリプリー』ではリプリーの対応がつねに後手に回っていることだ。相手が何をしてくるか予測不能なため、詐欺師の冷徹な計算が立たないのだ。

ダーワットの贋作やマーチソン殺害の一件から約五年がたち（彼は『贋作』で三一歳だから、本作では三五歳前後の設定）、リプリーの顔写真がゴシップ新聞に掲載されることはなくなった。だから、妻エロイーズとフォンテーヌブローで買物中、プリチャード夫妻が近づいてきてリプリーをじろじろと見たとき、噂のネタになっている人物を好奇心まる出しで見るあの野次馬の視線を久し振りに思い出していた。

デイヴィッドのほうから自己紹介した。自分はフォンテーヌブローの経営大学院（原文INSEAD。フォンテーヌブローに実在する施設）に通っている、ヴィルペルス（リプリーのお屋敷がある村）に家を借りた、これからはご近所同士だ、と。殺人をはじめ後ろめたいことをかかえているリプリーはこう自問した。


『警官か何か？　過去を探っているのか？　雇われた私立探偵か――まさか、誰が雇うんだ？　いま自分と敵対する者は思いあたらなかった。デイヴィッド・プリチャードに対して、頭に浮かんだ言葉は〝偽物《にせもの》〟だった。偽物の微笑《ほほえ》み、偽物の好意。たぶんINSEADで学んでいるというのも嘘《うそ》だろう（後にうそだったと発覚―引用者註）』（本書一二頁）

「語るに落ちる」とはこのことだ。「偽物」とはリプリー自身のことではないか。『太陽がいっぱい』で彼は、息子を連れ戻してほしいと依頼してきたハーバート・グリーンリーフに対し、自分はプリンストン大学出身だと学歴を詐称した。自分と同類だからこそ、デイヴィッドが偽物だとリプリーは見抜いた。

しかし、『いま自分と敵対する者は思いあたらな』いリプリーの直感は鈍っていた。デイヴィッドは「雇われた私立探偵」のような行動に出る。お近づきのしるしにと自宅にリプリーを招いたとき、デイヴィッドはリプリーの過去の悪事について二枚カードを切ってみせた。まずシンシア・グラッドナー（『贋作』で自殺したバーナード・タフツの元恋人）と自分は知り合いだとリプリーに告げた。ということは、シンシアはダーワットの贋作についてデイヴィッドに何か喋ったのか。彼女はいまだにリプリーを敵視しているのか。

二枚目のカードは、『太陽がいっぱい』でのディッキーとの一件だ。ディッキーの家族からその後連絡はあるかとリプリーに探りを入れた。なぜその名前を知っているのか。

その後も、デイヴィッドはリプリーの自宅をパパラッチするなど、彼への嫌がらせを続けた。リプリーはデイヴィッドの妻ジャニスと二人きりで会ったとき、デイヴィッドはなぜこのような嫌がらせをするのかとたずねた。だが、ジャニスによれば夫に動機はない。リプリーが気にくわなくて面白半分に困らせているのだと言う。

驚いたことにデイヴィッドは、リプリー夫妻のモロッコ旅行にまでリプリーを追いかけてきた。国境を超えるストーカーだ。極めつけの嫌がらせだ。こんなことをして何が面白いのだとたずねたリプリーに、デイヴィッドはこう言い放った。

『あなたのような紳士きどりの悪党（原文 a snob crook like you――引用者註）が破滅するのを見るのは愉快です』（本書一五六頁）

デイヴィッドは、リプリーがスノッブ（俗物の成りあがり）であり、悪党であり、偽者だと知っていた。リプリーの正体を知っているし彼を破滅させようとしていた。だがなぜ？

コン・ゲーム小説からホラー小説へ

『太陽がいっぱい』と『贋作』はコン・ゲーム小説だった。この二作の〝売り〟は主人公リプリーの知能犯ぶりを描くことにあった。彼はつねに先手を打って難題に対処してきたのだ。これに対して『死者と踊るリプリー』はホラー小説の趣を前面に出す。素性の知れない、動機の読めない相手が、いつ何を仕掛けてくるのか。リプリーは悲鳴こそあげないが、次に何が出てくるかと絶えず受け身に回っている。

まず何よりもデイヴィッドという人物がホラーなのだが、他のホラー的な要素を挙げるなら、第一に死者からの電話である。リプリーが殺害したはずのディッキーから電話がかかってくる。いったい誰のいたずらなのか。第二に、プリチャード夫妻の自宅の怪しげな池の描写。第三に、リプリーが『贋作』で殺してしまったマーチソンの死体が水底から戻ってきた。デイヴィッドが川をさらってマーチソンの白骨死体を引き揚げ、リプリー宅の玄関に置いたのだ。助手まで雇って川さらいに精を出すデイヴィッドも不気味だが、リプリーが、マーチソンの身元確認につながるものはないかと、白骨死体のあちこちをチェックしていく描写も実に恐ろしい。

紳士同盟の復活

リプリーは、デイヴィッドがどうやってシンシアと知り合いになったかを調べるため、エドとジェフがいるロンドンへ向かった。『贋作』で結成された紳士同盟がふたたび動き出した。リプリーはシンシアが気がかりだ。デイヴィッドを利用して、リプリーに復讐しようとしているかもしれないからだ。シンシアは、ダーワットを贋作するよう恋人バーナードをそそのかしたリプリーを憎んでいた。自殺したバーナードの遺体をダーワットの遺体にすりかえ、バーナードにさらなる侮辱を与えた彼を憎んでいた。

詐欺師リプリーがピンチを切り抜ける手段は今回も成りすましだ。ダーワット贋作事件を捜査している警官に成りすましてシンシアに電話した。やはりシンシアはデイヴィッドと連絡を取り合っていた。マーチソンの妻とも知り合いだった。

リプリーはシンシアの職場へ押しかけ彼女に問いただした。デイヴィッドをけしかけているのはきみだろう、と。デイヴィッドには『見たことも会ったこともない』とシンシアはとぼけた。バーナードに贋作をけしかけたリプリーのどの口が言うのか、と彼女は思ったことだろう。

筆者は先に、『死者と踊るリプリー』にはホラー小説の趣がある、と書いたが、だからといって本作にコン・ゲーム的要素がないわけではない。シンシアとリプリーの腹の探り合いは本作の白眉である。

リプリーは彼女と別れた後で、肝心なことは何一つ聞き出せなかった自分にほぞをかんだ。紳士リプリーは、女性を立てるし女性に弱いのだ。

次はマーチソン夫人だ。リプリーの家を出た（実はリプリー宅の地下室で彼に殺害された）後、なぜ夫は行方不明になったのか、真相を知りたい彼女はデイヴィッドとつながっているかもしれない。同じく警官に成りすまし、リプリーは彼女と電話で話した。間違いない。マーチソン夫人もデイヴィッドと連絡を取り合っていた。デイヴィッドが、モロッコまでリプリーを追いかけていったことまで知っていた。どうやら事態は、リプリーとエドとジェフの紳士同盟と、デイヴィッドを介してのシンシアとマーチソン夫人の淑女同盟の対決、という様相を呈してきた。
マーチソン夫人との電話が終わると、フランスへ行ってきみに協力するよと、ジェフがリプリーに切り出した。エドが続いた。

『きみの行くところなら、どこでも一緒だ、トム。あるいは、ぼくたちに行ってきてほしい場所があればどこへでも行く。これはぼくたち全員の問題なんだ』(本書二六六頁)

リプリーが応じた。

『ありがとう。ぼくが、ぼくたちが何をすべきか、考えてみよう』(同右)

「ぼく」と言いかけ、「ぼくたち」と言い直したリプリーの心情に筆者は注目する。本作より前に刊行された『アメリカの友人』の中で、『トムにとってわれわれとは、トム・リプリーひとりにすぎない』(『アメリカの友人』一三九頁)とうそぶいたリプリーだったが、デイヴィッドとの闘いで仲間の大切さを彼は実感した。二人の言葉が彼の心にしみたのだろう。彼らの紳士同盟は、デイヴィッドという敵の登場でより強固になって復活した。

不思議な殺人ふたたび

一方デイヴィッドの偏執狂ぶりはすさまじい。モロッコから帰国した彼は、ヴィルペルス村周辺の川や運河の水の底をさらっていた。リプリーが殺害しロワン川に投げ捨てたマーチソンの遺体を見つけるためだ。不安にかられたリプリーは、エドとジェフにヴィルペルス村に来るよう応援を求めた。まずやってきたのはエドだ。

リプリーとデイヴィッドの対決は、「滑稽な怪談（原文 comical horror story――引用者註）」としてあっけなく幕を閉じた。デイヴィッドは、川底から引き揚げたマーチソンの白骨死体をリプリー宅へ届けた。リプリーはエドの協力で、お返しにとばかりにこの死体を、プリチャード家の敷地内にある池に放り投げた。その池は、ジャニスが『雨が降ったら、人が溺れるほどの水嵩になるんです』とかつて話していた場所だった。死体を放り投げるとすさまじい水音がして、何事かと飛び出してきたデイヴィッドとジャニスは、誤って足をすべらし、その池で溺れて水死した。このドタバタシーンの描写はまさにコミカルでコント仕立て。しかも溺死したプリチャード夫妻のそばにはマーチソンの白骨死体があるわけだから、現場を見た人はたまらなく不気味だ。リプリーと仲よしの隣人で、プリチャード家の隣人でもあったアグネス・グレによれば、『黒魔術みたい』な光景なのだった。

ここで『贋作』でのバーナードの自殺の場面を思い出そう。リプリーは、バーナードをストーカーのように追いかけた自分のせいで彼は自殺した、あれは「不思議な殺人」だったと認めた。リプリーがデイヴィッド夫妻の死に直接手を染めていないとしても、そのきっかけをつくったのは彼だ。プリチャード夫妻の突然の水死は、『贋作』でのバーナードの自殺と同じく、リプリーによる「不思議な殺人」であったと筆者は読み解いた。

詐欺師の計算　紳士のためらい

トム・リプリーシリーズの過去四作でリプリーは毎回人を殺したが、本作で彼はデイヴィッドを殺さなかった。殺意は抱いた。殺せるチャンスもあった。モロッコで二人きりになったときだ。しかし実行しなかった。なぜか。筆者が考えるに、理由の一つめは詐欺師としての計算だ。シンシア、マーチソン夫人とデイヴィッドが知り合いである以上、デイヴィッドが死ねば、二人はそれがリプリーの仕業だと考えるから手は出しづらい。

二つめの理由は、デイヴィッドの妻ジャニスへの、紳士としての気づかいからだ。リプリーはデイヴィッド同様ジャニスも大嫌いだったし、殺意も抱いたが、夫から暴力を受けていたジャニスに憐れみをもって接していた。デイヴィッドが死ねば彼女は悲しむ。紳士はレディーファーストでなければいけない。
リプリーのこの態度は、『贋作』でバーナードを殺さなかったこととも関係してくる。紳士同盟を裏切ったバーナードに対しリプリーが口封じを敢行しなかったのは、バーナードとの友情だけでなく、シンシアへの気づかいからだったと筆者は推測する。バーナードは元恋人シンシアのことでずっと悩んでいた。リプリーは、シンシアがバーナードとよりを戻し、彼女がバーナードを立ち直らせることに希望をもっていた。

真贋III

ここで『太陽がいっぱい』、『贋作』、『死者と踊るリプリー』を三部作として読み解く本稿の観点に戻ろう。「真贋II」でふれた通り、リプリーは真贋の問題で以下のような問いを発した。

『もし画家が自分自身の作品よりも贋作のほうを多く描いたとしたら、その画家にとっては贋作が自作よりもずっと自然な、ずっとリアルな、ずっとほんとうのものになるのではなかろうか?』(『贋作』三三頁)

『贋作』で果たせなかったこの問いへの答えを求めて、リプリーは、エドとジェフが経営する画廊へ行き、そこに保管されているダーワット本人のデッサンと、バーナードによるダーワット贋作のためのデッサンを見比べた。いまさらなぜそんなことをしたのか。リプリーの自宅でマーチソンと食事をしたときの彼の言葉が気がかりだったからだ、と筆者は読み解く。マーチソンは、ダーワットが贋作されていると考える根拠の一つとして、ここ何年かダーワットの描いたデッサンが一枚もないことを挙げていた。

『「デッサンには画家の個性がはっきり表れる」とマーチソンは言った。(中略)「デッサンは画家にとっちゃあサインのようなものでね、(中略)デッサンを偽造するのに比べりゃサインや油絵の偽造ははるかに簡単だといえるかもしれん」』(『贋作』一〇六頁)

『太陽がいっぱい』でディッキーのサインを偽造したリプリーは暗に皮肉を言われたわけだが、デッサンについてのマーチソンの指摘は的を射ていると彼は考えた。だからリプリーは、デッサンでバーナードの「才能」を確かめたかったのだ。見比べた結果、二人のデッサンが渾然一体となり見分けがつかないことをリプリーは確認した。偽物は本物になりえた。バーナードはダーワットと一体化していたことをリプリーは確信した。バーナードの名誉にかけて真贋問題に決着をつけたリプリーは、デッサンの中からお気に入りの『鳩』を選び、画廊オーナーのエドに頼んで一万ポンドで購入した。『鳩』がダーワット本人のデッサンか、贋作者バーナードのデッサンかは、むろんリプリーにはどちらでもよかった。

紳士たちの指輪Ⅲ

『死者と踊るリプリー』にも、指輪と紳士のステータスを結びつける描写がある。マーチソンの卒業記念指輪（原文 a class ring）だ。彼の卒業記念指輪は、『太陽がいっぱい』でディッキーやディッキーの父親がつけていたのと同様の認印つきの指輪だった。イギリスやアメリカの名門大学では、卒業生が記念に指輪を作るという。マーチソンもまた、身に着けた指輪によって、自身のステータスを誇示し、アイデンティティーを証明しようとする人物だったようだ。『贋作』でリプリーがマーチソンと夕食をともにしたとき、リプリーはこの指輪に注目しただろうか。この指輪によってリプリーは、マーチソンを正統派紳士と認めたのだろうか。リプリーは、デイヴィッドには決してもちかけることがなかった紳士協定を、マーチソンには呼びかけた。『贋作』でマーチソンを殺害後、リプリーは彼がはめていた指輪をそのままにして死体をロワン川へ投げた。死体が発見された場合、指輪があってもなくても身元はすぐに割れる、と判断したからだ。本作で偏執狂デイヴィッドの執念が実り、ロワン川の川底からマーチソンの死体を発見し、リプリー宅に死体を置いていったとき、リプリーは真っ先に彼の指輪のことを思い出した。殺害直後と違っていまは首なし死体だ。身元の確認は難しい。となると、マーチソンの死体であることを示す指輪は急ぎ始末しなければいけない。確か指輪は二つ身に着けていたはずだ。リプリーはエドと二人でマーチソンの死体を調べた。卒業記念指輪は見つかったが、結婚指輪は見つからなかった。

『贋作』でリプリーは、バーナードの指輪をザルツブルグの川へ沈めた。バーナードの一件は、その後世間で取り沙汰されたことはない。そのことが脳裏をよぎったのだろうか。マーチソンの卒業記念指輪も、川へ捨てるのが一番だとリプリーは考えた、と筆者は推測する。プリチャード夫妻との一件を解決し、紳士同盟の仲間ジェフを迎えに空港へ行く途中、リプリーはロワン川の川底へマーチソンの指輪をふたたび投げ入れた。『太陽がいっぱい』、『贋作』、本作と続いた指輪物語は終わりを告げた。リプリーに平穏な日常が戻った。

ここで『死者と踊るリプリー』の原題が“*Ripley Under Water*”であることを思い出そう。マーチソンの死体がロワン川の水底から地上に戻されてリプリーは危機に直面したが、プリチャード家の池にそれを投げ入れたことで、プリチャード夫妻を水底へ葬った。そしてマーチソンの身元判明につながりかねなかった彼の指輪をロワン川の水底へ沈めて、リプリーは自身の悪事を水に流したわけだ。

結び　トム・リプリーとは何者か

トム・リプリーの「性格」

トム・リプリーを論じるときに思い出していたのは、小林秀雄氏の「性格のない個性」という言葉だった。氏は、『罪と罰』の主人公ラスコーリニコフのつかみどころのなさを「性格のない個性」と称した(註10)。リプリーがまさにこのタイプだと筆者は思った。ただし、ラスコーリニコフのルサンチマンは、リプリーの比ではないほどに強い。

筆者はまた、リプリーが『悪霊』の主人公スタブローギンにも似ていると思った。二人ともヨーロッパ的教養を備えた礼儀正しい悪党だ。しかしリプリーは、スタブローギンのようなニヒリストではない。

ドストエフスキイのキャラクターたちとリプリーとでは決定的な違いがある。ラスコーリニコフは逮捕され罪をつぐなった。スタブローギンは自死して自分がやったことにおとしまえをつけた。リプリーの場合は、自分はいつも捕まらずに生き残り、敵——『贋作』のマーチソン、『アメリカの友人』のマフィアたち、『リプリーをまねた少年』の誘拐犯人、『死者と踊るリプリー』

のプリチャード夫妻――を死に至らしめ、ときに友人知人――『太陽がいっぱい』のディッキー、『贋作』のバーナード、『アメリカの友人』のトレヴァニー、『リプリーをまねた少年』のピアーソン――を殺害したり見殺しにするのだ。

ちなみに筆者は、「性格のない個性」という表現でリプリーに人間の感情がないと言いたいわけではない(註11)。彼は『太陽がいっぱい』でのディッキー殺しを後々になっても後悔しているし、『リプリーをまねた少年』で、母国アメリカを捨てたのは間違いではなかったかとノスタルジックな想いにかられてもいる。性格が歪んではいるが、ロマンチストでもあるのだ。

パトリシア・ハイスミスの評伝を書いたアンドリュー・ウィルソンは、つかみどころがなくて変わり身の早いリプリーの姿を、『近代文学において最も変わりやすいアイデンティティーを持つ男』と評した(註12)。だとすれば、案外、リプリーが似ているのは、『悪霊』の登場人物で例えれば、フットワーク軽く周りをかき回していつのまにかゆくえをくらましたピョートルのほうかもしれない。スタブローギンは再会したピョートルに以下のように声をかけた。

『「聞いた話ですが、あなたはこの町で、ずいぶん紳士然とふるまっているようですね?」スタブローギンはにやりとして言った。「調教師について、本式に乗馬を習いたがってるって、ほんとうですか?」』(『悪霊2』亀山郁夫訳 光文社古典

新訳文庫 二〇一一年刊。五七頁)

世間の見方ではピョートルはスノッブ(俗物)だ。ただし忘れてはいけない。スノッブをからかうのはたやすいし、スノッブは否定的に見られがちだが、ヨーロッパ近代を担った「成りあがり」の多くは、そしてアメリカからヨーロッパへ渡ったリプリーもまた、上昇志向のスノッブだった。江藤淳氏は、著名な作家ヘンリー・ジェイムズの文学にふれてこう言っている。

『アメリカ人は自分の体一つを移動させただけで、ヨーロッパ人にもなれたわけで、(中略) 要するに、ジェイムズの主人公はスノッブであって、人は貴族や富豪の仲間入りが出来るという希望の全くない時、スノッブなどになりはしない』

(『決定版 夏目漱石』新潮文庫 一九七九年刊。二三ー二四頁)

トム・リプリーの「階級」

リプリーのアイデンティティーについて別の角度から考えてみよう。彼はどのようなグループに所属しているか、という問題だ。自身ヨーロッパからアメリカへ亡命したハナ・アーレントはこう述べている。

『ヨーロッパでは生活状態の真の平等などということは決して現実にはならなかった（中略）それは元来この社会がいろいろの階級に分かれ、人間はあきらかにその生まれによってそれぞれの階級に属していたからである』（『全体主義の起源1反ユダヤ主義 みすず書房刊。一〇三頁）

アーレントのいう「階級」は、マルクス主義的な「階級」とは違う。出自、血統、財産、教養を内に含むものだ。

ヨーロッパで生まれ育ったわけではないリプリーの場合はどうなるのだろう。彼が階級の違いを初めて意識したのは、『太陽がいっぱい』でヨーロッパへ向かう船上にいたときだったかもしれない。リプリーはヘンリー・ジェイムズの『使者たち』を読みたくなったが、一等船室の図書室になく、二等船室にあったので借りようとすると、一等船室のお客様にはお貸しできませんと断られた。

各作品でのリプリーは、概して、階級意識とは無縁の存在だ。例えば、『贋作』以降の作品でリプリーが足しげく通う《ジョルジュ＆マリー》は、地元の労働者階級が集まるたばこ屋兼カフェ・バーだが、リプリーの自宅から一番近いということもあり、彼は階級の違いなど気にせず、ご近所づきあいの感覚でこの店に通っていた。

パトリシア・ハイスミスの評伝を書いたジョアン・シェンカーは、リプリーが移住先フランスで確立したアイデンティティーを、『荘園のような広大な領地を有するジェントルマン』（原文gentleman of the manor）と評した（註13）。しかし、広大な領地を有するとはいえ、リプリーは先祖代々の土地を相続したわけではなかった。はたしてリプリーが成りあがった田舎紳士は階級なのだろうか。彼の場合は、紳士であるだけでなく詐欺師としてのアイデンティティーも保持している。複合的なアイデンティティーだ。

この複雑さを解く手がかりとして、パリ生まれのイギリス人作家サマセット・モームの『月と六ペンス』から引用しよう。語り手の「わたし」が悪党だったニコルズ船長を回想する場面だ。

『悪党というのはどの階級にも属さない。芸術家と同じように、もしかしたら紳士と同じように』（金原瑞人訳 新潮文庫。二八〇頁）

筆者なりにこの文章を読み解いてみよう。悪党は社会のつまはじき者だからどこにも属さない。芸術家は徒党を組まないからどこにも属さない。モームが紳士を『もしかしたら』と留保付きにしたのは、社会の流動性の中で成りあがった紳士は、階級と呼べるのか判断が難しいからだろう。

だとしたら、どの階級にも属さないリプリーは「モッブ」だろうか。「モッブ」とは、ハナ・アーレントが大衆と区別するために使った、世間からつまはじきにされた社会集団を示す用語だ。アーレントによれば、『モッブは主として零落した中産階級から成って』おり、『モッブはありとあらゆる階級脱落者から成る。モッブのなかには社会のあらゆる階級が含まれている』（『全体主義の起源』1反ユダヤ主義　みすず書房刊）。しかし、リプリーは成りあがった後に脱落はしていない。モッブと違い徒党を組んで暴徒化しない。彼は組織のリーダーになるつもりはないし、誰かの指導を受けるのは嫌いだ。

モームにしたがえば、悪党であり紳士でもあるリプリーはどの階級にも属さないことになってしまうが、それは彼が望んで正統派紳士に成り、社会的地位を勝ち取ったことと矛盾しない。なぜなら、どの階級に属するかが絶えず流動的なこともまた、ヨーロッパ近代社会の特徴であるから。

詐欺師であり紳士でもあり

本稿の序論で、リプリーはヨーロッパ近代の申し子だと述べた。またヨーロッパ近代の歪みの体現者だとも述べた。では、そもそも、ヨーロッパ近代とはどのような社会なのか。明快でシンプルな定義を引用しておこう。

『近代社会が近代以前の社会とどこが違うかというと、不断に変化することが常態であるという点です』（大澤真幸『社会学史』講談社 二〇一九年刊。二三四頁）

近代社会では、人はいまの自分を変えようと希望をもつことができた。リプリーはあこがれのディッキーになった。そして、状況の変化により、新しい自分に生まれ変わってまたリプリーに戻った。近代社会は人が変身できる社会だ。

近代社会では人の移動が激しい。リプリーは生まれ故郷のボストンを出てニューヨークへ行き、イタリアで暮らし、ヨーロッパ各地を旅し、フランスの田舎に定住した。彼の生き方もまた、不断に移り変わる人と社会の一つの現れであった。

ではリプリーの歪みは何か。詐欺師であることをやめないこと、人を殺してしまったこと、だ。エロイーズの父ジャック・プリッソンは、リプリーが胡散臭い仕事に手を出していることに気づいていた。そう思われていることを察したリプリーはこう自問する。胡散臭くない仕事をしている者がいるのか、清廉潔白な人間などいるのか、と。

本稿は、詐欺師と紳士を矛盾なく生きるリプリーの姿を描いた。そもそも、リプリーが理想としたヨーロッパ近代のジェントルマンたちにとって、働いて生計を立てることは紳士らしくない振る舞いだった。それでも、ジェントルマンたちの中には、働かなければ生きていけない人もいた。「働かずに収入を得る」から「上手い手を使って収入を得る」へと、一部のジェントルマンたちの意識と生活様式に変化が起こった。「上手い手」を使うジェントルマンたちは、世間から悪党と言われた。作者ハイスミスは、こういったジェントルマンたちを想像しながら、リプリーを造形し描写した、と筆者は推測する。

一九世紀以降のヨーロッパには、あるいはいつの世にも、悪党でもあり紳士でもある人物、紳士きどりの悪党や山師が大勢いただろう。本稿の序論で紹介した通り、トクヴィルは、ジェントルマンの形成史は民主主義の歴史そのものだと述べたが、ジェントルマンの形成史とはまた、ハナ・アーレントが、一九世紀ヨーロッパの犯罪者と上流社会の癒着を帝国主義時代との関連で述べたように、『完璧なジェントルマンと完全なやくざ』(『全体主義の起源』2帝国主義)との癒着の歴史でもあった。このアーレントの指摘は、一九世紀ヨーロッパに真のジェントルマンのいない紳士ばかりの社会を見ていた吉田健一氏の視点とも呼応するだろう。

リプリーは詐欺師であり続けた。詐欺師は、当然ながら、密かに目立たぬように悪事を行う。しかし、彼はヨーロッパで立身出世を目指した青年でもあった。表舞台に立つため、彼には紳士の仮面が必要だった。『死者と踊るリプリー』でデイヴィッドは、リプリーのことを「紳士きどりの悪党」と面罵した。言われた本人も十分自覚していたから、あえて反論はしなかった。

註

（註1）南川三治郎著『推理作家の家 名作のうまれた書斎を訪ねて』西村書店刊。一六三頁。

（註2）小林信彦氏が植木等氏との対談で、『昭和三十八年、つまり一九六三年のころはまだ「タレント」という言葉が珍しかった』と回想している（『新編 われわれはなぜ映画館にいるのか』キネマ旬報社二〇一三年刊。二八五頁）。日本に「タレント」という言葉が定着するのは高度経済成長期以降のようだ。

（註3）『太陽がいっぱい』の河出文庫旧訳版では、“country gentleman”は「地方の大地主」と訳されている。また、角川文庫版では「田舎紳士」と訳されている。ちなみに、本文で引用したホブズボーム著『市民革命と産業革命』では“country gentleman”は「地方郷士」と訳されている。

（註4）河出文庫旧訳版では「ゲイ」だったが、改訳新版で「ホモ」に変更された。原文は“queer”。

（註5）パトリシア・ハイスミス著『サスペンス小説の書き方』フィルムアート社刊。一〇七頁。

（註6）土地財産を有していることこそが真正のジェントルマンの証であり、何であれ勤労によって収入を得ている限りは本物のジェントルマンではなかったため、後の研究者は彼らを「疑似ジェントルマン」と呼ぶ。「疑似ジェントルマン」については、川北稔著『工業化の歴史的前提――帝国とジェントルマン』岩波書店刊参照。

（註7）小林秀雄『ゴッホの手紙』新潮文庫一一七－一二一頁。

（註8）紋章がヨーロッパで発生した当初は、勝手に紋章をつくることはできず、「紋章院」への登録・認可を必要とした。やがて紋章は売買の対象となり、成りあがりでも紋章を購入して、ジェントルマンを称することができるようになった（山本正編『ジェントルマンであること』刀水書房九頁

二〇〇〇年刊)。バーナードの家系も、どこかの代で紋章を購入したのかもしれない。

(註9)『愛しすぎた男』岡田葉子訳。一九九六年扶桑社刊。吉野仁氏による解説参照。

(註10)『ドストエフスキイ全論考』講談社一八四頁。小林氏は「性格のない個性」という表現を、ドストエフスキイの『地下室の手記』から借用している。同作の新潮文庫版江川卓氏の訳では、「性格のない個性」は「無性格な存在」となっている。(新潮文庫九頁)

(註11)トム・リプリーを感情のない機械のような存在として描く評論もある。例えば文芸評論家のラッセル・ハリソンは、リプリーを、映画「ブレード・ランナー」のレプリカントの先駆けとして描いた。"*PATRICIA HIGHSMITH*"二七頁。

(註12)"*BEAUTIFUL SHADOW:A LIFE of PATRICIA HIGHSMITH*"四二八頁。引用文の原文は"the man with the most fluid identity in modern literature"

(註13)"*The Talented MISS HIGHSMITH:The Secret Life and Serious Art of Patricia Highsmith*"五一九頁。

第二章　『アメリカの友人』
——詐欺師たちのゲーム

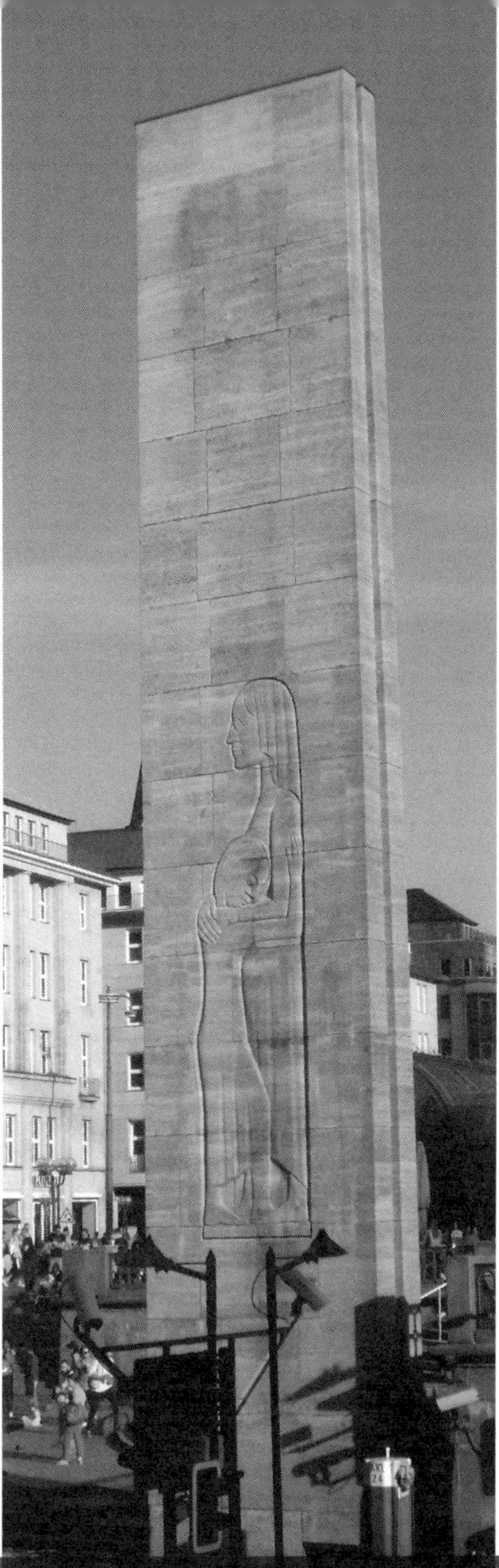

ドイツ　ハンブルクの市庁舎とその前に建てられた戦没者記念碑

『アメリカの友人』でハンブルクを訪れたジョナサン・トレヴァニーに、リーヴズ・マイノットが市庁舎を指さして「ヨーロッパでもっとも古いものです。爆撃を受けなかったんでね」と説明する。

エピソードⅡ：原作と映画

パトリシア・ハイスミスは、映画「アメリカの友人」でデニス・ホッパーが演じたトム・リプリーをごろつき（原文hooligan）と呼んだ。原作者が思い描くリプリーとかけ離れていると彼女は不満なのだが、ホッパー演じるリプリーは、ある意味原作に忠実だ。なぜなら、原作『アメリカの友人』のリプリーは、シリーズ五作品の中で最もたちの悪いごろつきだから。リプリーがマフィアをなぶり殺しにするシーンはその最たるものだ。

余命を生きる

『アメリカの友人』を読みながら筆者は、黒澤明監督の映画「生きる」を思い出していた。主人公の志村喬は胃がんと診断され余命いくばくもない。彼は残された人生を家族と仕事と老いらくの恋（？）に捧げた。

本作の主人公ジョナサン・トレヴァニーも余命いくばくもない。彼は残された人生を妻と子供に捧げようとするのだが、作者ハイスミスはきれいごとの物語を描くことには全く関心がない。トレヴァニーは詐欺師たちの餌食になった。リプリーはトレヴァニーの病気を利用して私怨をはらし、マイノットは、リプリーに断られてしまった殺しの仕事をトレヴァニーに引き受けさせた。

「生きる」では、病院の待合室にいる志村喬に、渡辺篤が胃がんのことで話しかける。作家小林信彦氏は、このシーンの渡辺篤を『死神のようにも見える』（『黒澤明という時代』文藝春秋二〇〇九年刊）と評した。トレヴァニーもまた、自分に近づいてきたリプリーとマイノットが、死神のように見えたに違いない。

本稿は「ゲーム」という言葉をキーワードにして論を進めていく。

トム・リプリーのゲーム

『アメリカの友人』はリプリーの詐欺師仲間リーヴズ・マイノットとの密談で幕を開ける。マイノットがリプリーに殺しの依頼をもちかけたのだがリプリーは断った。

本作でリプリーは脇役に回る。悲劇の主人公を務めるのは、余命いくばくもないジョナサン・トレヴァニーだ。リプリーが主役の座をトレヴァニーに譲ることになったのは、自らが仕掛けたゲームのせいだった。

タイトルの考察から始めよう。『アメリカの友人』の原題は“*Ripley's Game*”である。トム・リプリーシリーズの過去二作品――『太陽がいっぱい』・『贋作』――は、いずれもコン・ゲーム小説だった。コン・ゲーム小説の醍醐味は主人公がいかに騙し通すかだ。リプリーが詐欺師の「タレント」を駆使して、相手を、警察を、そして世間を騙し通してきた。『アメリカの友人』でリプリーが行うのは、コン・ゲームではなく伝言ゲームだ。きっかけは、パーティー会場でリプリーが、トレヴァニーに侮辱を受けたことだった。リプリーが自己紹介した際、トレヴァニーは彼に対して『お噂はかねがね』と冷笑するように応えた。過去に犯した殺人や犯罪のことを言われたのかと、初対面の人間に対するトレヴァニーの紳士らしからぬ無礼な態度をリプリーは根にもっていた。二人を引き合わせたゴーティエによると、トレヴァニーは白血病らしい。そこでリプリーは悪ふざけを思いついた。トレヴァニーの『お噂はかねがね』に噂で仕返しをして、じきに自分は白血病で死ぬと疑心暗鬼に陥らせ、残された妻と子のために金を残したい一心で、マイノットの殺しの依頼を(断った自分の代わりに)、トレヴァニーが引き受けるように仕向けるのだ。リプリーはゴーティエに、トレヴァニーは余命いくばくもないらしいと噂を振りまいた後にこうつぶやいた。

『ジョナサン・トレヴァニーとの件はトムにとってはゲームにすぎなかった。(中略)あてずっぽうで撃った弾が標的にあたるかどうか知りたかった(中略)あの気取って独善的なジョナサン・トレヴァニーをしばらく不安な気持ちにさせたかった。(中略)ゴーティエが直接トレヴァニーに話すことはまずない。ほかの誰かにしゃべることのほうがありえるだろう。近いうちに誰かが死にそうだという話は誰にとってもおもしろい話題である』(本書四一―四二頁)

火のないところに煙を立てるのはまさしく詐欺師の手口だ。リプリーからゴーティエへ、ゴーティエからアラン(トレヴァニーの友人)への噂の伝言ゲームはまんまと機能した。噂のターゲットになったら弱みをもっている人はどれだけもろいか、詐欺師リプリーはそのことも熟知していた。この噂が本人の耳に入ったことをゴーティエから聞いたリプリーは、殺しを引き受けそうな奴がいるとマイノットに伝えた。マイノットのゲームが始まった。

リーヴズ・マイノットのゲーム

リプリーから知らせを受けたマイノットは、早速フォンテーヌブローのホテルでトレヴァニーに会い、九万六千ドル（＝四八万フラン）で殺しをやってほしいともちかけた。

マイノットのゲームはコン・ゲームだ。人を殺すのなんて簡単なことですよと騙し通す。お体の具合がよくないということでしたね、ハンブルク（殺しを行う現場でもある）の専門医にみてもらいましょう。詐欺師は人助けのためにやっているふりもする。

マイノットがこの殺しの依頼でこだわっていたのは、前科がなく、金のためなら殺しもやってくれる人物だった。ここで筆者は、昨今の日本で頻発する詐欺事件や強盗殺傷事件に思いを馳せる。金に困って闇バイトに応募する人たち。お互いの素性を知らない指示役と実行役。本書の第一部第一章「コンマン&ジェントルマン」で筆者は、作者ハイスミスの予見する力――やがてこんな時代が来るだろう――に注目した。『アメリカの友人』もそうだ。本作を初めて読んだとき筆者は、トレヴァニーが殺しの依頼を引き受ける場面を小説の中の絵空事だと思っていた。しかし作者ハイスミスは、金に困れば、素人が真似事で殺人でも何でも平気でやってしまう社会の到来を見通してリアルに描いていたのだろう。

ゲームプランの変更

リプリーには、トレヴァニーが殺しを引き受け実行できたことが意外だったが、彼自身もかつて同じような立場で殺人に手を染めたことを思い出していた。

『悪いことなどしそうにない顔をした、真正直なジョナサン・トレヴァニーが、金の誘惑に負けて（金以外に何があるだろう?）、みごとに殺人をやってのけたのだ！　トム自身もかつて誘惑に負けたことがある。ディッキー・グリーンリーフの件だ。もしかしてトレヴァニーはわれわれの仲間なのか？　しかし、トムにとってわれわれとは、トム・リプリーひとりにすぎない』（本書一三九頁）

リプリーはまだ彼を「仲間」とは見ていない。彼はトレヴァニーともっと懇意になろうと考え、水彩画の額装を頼む（トレヴァニーは額縁職人だ）口実でトレヴァニーの店を訪れた。そしてトレヴァニーを紳士と認め親近感を抱き始めた。

『トレヴァニーは（中略）流行おくれの服を着、折り目のついていないズボンをはきながら、それでも紳士らしさを失わない男だった。本人はまったく自覚して

いないようだったが、武骨ないい顔をしていた』（本書一四九－一五〇頁）

だからリプリーは、自分の伝言ゲームがゴールに達しても、マイノットのゲームに参加してゲームを続けることにした。ハンブルクでの殺人に続き、第二の殺人も引き受けたトレヴァニーに協力しようというのだ。だがリプリーにはマイノットのゲームへの不満もあった。

『ジョナサンにはこの仕事は無理だ（中略）巻きこんでしまったからには、助けるのが義務だと思った。（中略）リーヴズは（中略）自ら考え出したゲームに興じている子供と変わりなかった。それもひどく極端なゲームで、ほかの者に対しては、ルールがきびしかった。トムはトレヴァニーの力になってやりたかった。なんという高邁な動機だろう！　マフィアの大物を始末するのだ！（中略）マフィアのメンバーと比べたら、自分などはほとんど高潔の士だという気がした』（本書一七四頁）

詐欺師のゲームにルールなどあるのか、という疑問はさておき、リプリーはマイノットのゲームの進め方が気に入らず、自身の悪ふざけのゲームを棚に上げ、「高邁な動機」からトレヴァニーを助けようとしていた。二人は協力してマフィアの大物を始末した。

ジョナサン・トレヴァニーのゲーム

トレヴァニーは額縁職人だ。手に職があり、足は地についている。それでも足元をすくわれ、詐欺師たちのゲームに巻き込まれた。なぜだろうか。

皮肉なことに、リプリーが振りまいた噂には根拠があった。トレヴァニーは骨髄性白血病で、あと六年から八年、よくても一二年の命だと言われていた。だから彼は、自分の死後に妻と子が安定した生活を送れるよう、金がほしくてマイノットの依頼を引き受けた。そして二度の殺人をやり遂げて大金を手にした。問題は、妻シモーヌに大金が入ったことをどう説明するかだ。どうやって妻を騙し通すか。はからずもトレヴァニーは、妻に対してコン・ゲームを開始するはめになってしまったのだ。

シモーヌは、ゴーティエの不自然な態度がきっかけで、リプリーの存在を気にするようになった。リプリーとの仲をシモーヌに気づかれてはならない。トレヴァニーは自分にこう言い聞かせた。

『なるべく冷静に振舞わなければならないと思った。俳優になるのだ。ただ、若いころに舞台で成功しようとして頑張った（トレヴァニーはリプリーと同じく俳優になる夢をあきらめた――引用者註）ときのようなわけにはいかない。これはまさしく現実の出来事だった。つまり、完全なペテン師になることだとも言えるだろう。ジョナサンはこれまでシモーヌを騙したことはなかった』（本書二二二頁）

トレヴァニーは、いまや彼自身が、リプリーやマイノットと同じペテン師や詐欺師に成り下がろうとしていることを自覚したのだ。

ある日、シモーヌが夫を問いただした。あなたが手にした大金の出どころはリプリーではないのか、と。お金の出どころはリプリーではなくマイノットだから、トレヴァニーはきっぱり否定したが、それでもシモーヌはリプリーが黒幕だと決めつけた。なぜなら彼は犯罪者（原文crook＝悪い奴）だから。理屈抜きの女の直感だ。シモーヌもリプリーの悪い噂は知っていた。

トレヴァニーはリプリーに妙案はないかと相談した。ハンブルクやミュンヘンへ（殺人と治療のため）出かけたことについて、トレヴァニーはシモーヌに、担当医ペリエ先生の紹介でドイツの医者が白血病治療の新薬を試すのに協力している、と説明していた。リプリーは紳士だからレディーファーストだ。彼女を敵に回したくない。だが、リプリーの「妙案」は、噂の伝言ゲームと違って全く機能しなかった。稀代の詐欺師リプリーも、夫を悪人リプリーから守ろうとするシモーヌを手玉にとることなどできなかった。

紳士同盟の成立

マイノットのハンブルクのアパートが爆破された。マフィアの報復が始まった。リプリーの自宅に不審な電話がかかってくるようになった。忍び寄るマフィアの影。今度はリプリーがトレヴァニーに助けてもらう番だ。我が家をいっしょに守ってほしいとトレヴァニーへ依頼し彼は承諾した。ここで二人の関係は急変する。トレヴァニーはゲームの駒ではなく、リプリーのパートナーになったのだ。紳士同盟（筆者が「紳士同盟」という言葉を使用する意図については本書第一章「コンマン&ジェントルマン」の第二節『贋作』論参照）が成立した。

マフィアとの対決。リプリー宅にやってきた二人のうち、一人目をリプリーは薪とライフルの台尻で撲殺し、二人目を絞殺した。リプリーの豹変ぶりにトレヴァニーは驚いた。彼はなぜここまで残酷になれるのか。

リプリーがマフィアを絞殺しようとしていたとき、シモーヌがリプリー宅にやってきた。そしていきなり修羅場を見てしまった。こんな状況でもリプリーは紳士としてシモーヌに接した。マダム、この二人はマフィアです、我が家に押し入ってきたのです、あなたの夫が加勢してくれたので退治できました、ぼくたち二人はこれから死体を始末するため出かけます、どうぞお一人でお帰りください、と。

リプリーの名誉のため筆者は書き加えておく。彼はマフィアとの対決でトレヴァニーに助けを求めたときも、死体処理に出発する前にも、無理なら断ってくれてもいいんだよとトレヴァニーに拒否権を与えていた。トレヴァニーを紳士と認め紳士同盟を結んだ以上、リプリーはマイノットと違って、ゲームのルールを守ろうとする紳士でもあった。

ゲームオーバー？

マフィア二人の焼死体について新聞が報道した。シモーヌは夫を人殺しと呼び、あなたをもう愛していないと宣告し別居を申し出た。トレヴァニーはまたもやリプリーに助けを求めた。リプリーのアドバイスはこうだ。

『「やるべきことは、ただひとつ」トムが考えこんで言った。「もう何の危険もないと思わせることだよ。たしかに容易ではない。が、危険がないとわかれば、死体など問題ではなくなる。何しろ彼女の心をいちばん悩ましているのは不安だからだ」』（本書三七三頁）

リプリーはわかっていない。シモーヌが夫に求めているのは安心や安全ではない。彼女が求めているのは真実だ。いや、リプリーはわかろうとしないだけかもしれない。詐欺師は真実に興味などないし、真実を語る資格もないのだから。

二人はトレヴァニー宅へ向かった。シモーヌの説得にあたっていたまさにそのとき、トレヴァニー宅にマフィアが押し入ってきた。リプリーが撃退したが、トレヴァニーは外で待機していたマフィアに撃たれた。暗闇での出来事でことの次第ははっきりしないが、後にリプリーは『ジョナサンは車内の男の拳銃と自分との間にわざと入り込んできたに違いない。それは考えすぎだろうか？』と自問した。おそらくリプリーの推察通りだ。なぜならトレヴァニーは、自宅にマフィアが押し入ってくる前に、リプリーにこんなことを言っていたのだから。

『おれは先が長くない。だから、トム（中略）もしおれで役に立てることがあったら、自殺的な行為でもかまわん、なんでも言ってくれ』（本書三七〇頁）

病院へ向かう車の中でトレヴァニーは息を引き取った。彼の命を賭したゲームが終了した。

シモーヌは、トレヴァニー宅で起こった事件と夫の死について警察にどんな話をしたのか。

リプリーはそれが気がかりだ。新聞報道によれば、シモーヌは、イタリア人たちが家に押し入ってきた理由はわからない、と警察に話していた。リプリーについては名前を明かさず、いあわせた夫の友人が加勢してくれたとだけ説明していた。なぜ彼女は黙っているのか。リプリーの考えはこうだ。

『マダム・シモーヌは夫の名誉とスイスの銀行の預金（トレヴァニーがマイノットから得た報酬のこと——引用者註）は守ろうとするにちがいない。（中略）さもなければ、すでにもっと警察にしゃべっているはずだった』（本書四〇〇頁）

「夫の名誉」（＝夫をリプリーの共犯者にしたくない）はその通りだとしても、お金もそうなのか。本作でリプリーがしばしば口にするように結局金なのか。しかし、シモーヌは、夫に別居を申し出たとき、彼が手にしたお金は一銭もいらないと宣言していたではないか。

トレヴァニーが亡くなって一か月後、リプリーとシモーヌはフォンテーヌブローで偶然出会った。リプリーは、彼女が息子を連れて遠方へ引っ越したと町の噂に聞いていたので驚いた。紳士らしく挨拶くらいはしようとしたリプリーだったが、シモーヌは彼に気づくと睨みつけ、唾を吐きかけ、足早に立ち去った。トレヴァニーの『お噂はかねがね』に続き、シモーヌからも公衆の面前で侮辱行為を受けたリプリー。しかし彼にとっては結果オーライなのだ。トレヴァニーの侮辱に対しきっちりと仕返しした。あろうことかトレヴァニーは、自分の命と引き換えに彼の命を救ってくれた。シモーヌは彼の悪事についてこのまま黙っていてくれるだろう。リプリーの読みはこうだった。

『スイスにある金に執着する気がなければ、シモーヌはわざわざ唾を吐きかけたりはしなかっただろう（中略）シモーヌも多少は後ろめたい思いをしているのだ（中略）つまり、彼女は人並みの道を選んだということだ』（本書四〇三頁）

リプリーのゲームは終了したのだろうか。いや、まだ終わっていない。本稿の冒頭で筆者は、リプリーが本作で行う「ゲーム」はコン・ゲームではない、と述べた。しかし、シモーヌが夫の死の真相を隠し通す決意をしたからには、彼女とリプリーは、警察と世間を騙し通さなければならない。二人のコン・ゲームがいま始まったのだ。

第三章　『リプリーをまねた少年』

――告白の果て

フォンテーヌブローの森

フォンテーヌブローから約二〇キロ離れた小村でトム・リプリーは田舎紳士として暮らしている。『リプリーをまねた少年』でフランク少年は、トムに会うためアメリカからはるばるやってきた。

エピソードⅢ：父親の存在

パトリシア・ハイスミスが生まれたとき、彼女の名前はパトリシア・プラングマンだった。両親の離婚後に彼女が生まれ、彼女が三歳のとき母親が再婚し、苗字がハイスミスに変わった。彼女に実父の記憶はなく、養父が実の父親だと思っていた。自分の父が本当の父ではなかったというハイスミスの生い立ちは、彼女の作品に何事か影響を与えていたのだろうか。

父親殺しの問題が『リプリーをまねた少年』に出てくる。幼いころに両親を亡くしたリプリーは、父親殺しを深刻に受けとめることができない。彼は父親殺しを、他の殺人と同様にありふれた出来事とみなす。

トム・リプリーシリーズの過去三作でリプリーは、様々な目的でいつも自分のほうから男たちに近づいていったのだが、『リプリーをまねた少年』では、少年のほうからリプリーを訪ねてやってきた。

アメリカの少年

本稿は「告白」と「紳士協定」という言葉をキーワードにして、男同士の絆を描いていく。タイトルの考察から始めよう。『リプリーをまねた少年』の原題は“*The Boy Who Followed Ripley*”である。“The Boy”はフランク・ピアーソンのことだ。彼は一六歳。リプリーに大いに関心があるらしく、会いたい一心でアメリカからフランスへとやってきた。

邦訳のタイトルは『リプリーをまねた少年』で、原文の“Followed”は「まねた」と訳されている。簡潔さと訴求力を要求されるタイトルの訳として適切ではあるのだが、「まねた」は、本作でピアーソンがとった行動を正確には表現できていない。ピアーソンはリプリーを「まねた」のではない。彼にはリプリーのような野心や出世願望はなかった。悪党リプリーの模倣犯でもない。彼はリプリーに会いに来る前に、すでにリプリーの上を行く罪を犯していた。父親殺しだ。

“Followed”の日本語訳としては、筆者が若かりしころに使われていた言葉なら「追っかけ」、ネット時代のいまどきの言葉なら「フォロワー」、のほうがぴったりくる。ピアーソンにとってリプリーは、「インフルエンサー」的存在だった。図書館に通いリプリーに関する情報を調べ上げた上で会いに来た。

告白I

ヨーロッパ社会において告白が果たしてきた役割について、ヨーロッパ中世史家の阿部謹也氏はこう述べた。

『告白とは自己を語ることです。自己を語る行為こそ、ヨーロッパにおける個人と人格の形成の出発点にあった』(『ヨーロッパを見る視覚』岩波現代文庫一一二頁)

中世ヨーロッパのカトリック教会で告白が義務化されて以来、人々は告白することで自身の内面と向き合うことになった。他方で司祭は、告白を聴くことで信者を一個の人格として認めることになった。

告白には様々なかたちがあるが、殺人の告白は異例だろう。それはたいてい強制的な自白だったはずだ。中でも衝撃的なのは父親殺しの告白だろう。『リプリーをまねた少年』の場合は、一六歳の少年による自発的な告白だから、異例中の異例だ。

ピアーソンはまず小さな告白から始めた。彼が米国大企業社長の息子であること、その父が崖から転落死したこと、実家にいるのがつらくて父の葬式の後に兄のパスポートを借用しフランスにやってきたこと、ガールフレンドのテリーサのことで悩んでいることも家出の理由であること、などをリプリーに打ち明けた。だが肝心なことは話さない。なぜピアーソンはリプリーを訪ねたのか。

家族が心配しているぞ、家に帰ったほうがいいと促すリプリーに、ピアーソンはついに打ち明けた。僕が父を殺しました、と。そしてリプリーに会いに来た理由をこう語った。

『もしこの世のなかにこのこと（父親殺し――引用者註）を話せる人間がいるとしたら、あなたしかないと思って』（本書八八頁）

リプリーに会いに来た理由はわかった。だが、まだ疑問は残る。なぜ告白の相手はリプリーしかいないのか。

リプリーの反応も奇妙だ。「本当にきみが殺したのか⁉」と驚いたり疑ったりはしないし、赤の他人の自分にそんな重大な告白をする少年に困惑した様子も見せない。リプリーは、まるで警官の尋問のように詳細に犯行当時の事実を語らせ、ピアーソンによる父親殺しの状況証拠を固めていこうとする。語り終えたピアーソンは、リプリーの根掘り葉掘りの詮索に苛立つどころか、話を聞いてくれたことに礼を述べ、自分のしたことが信じられない、いま話したことを書き留めて早く忘れてしまいたい、と心情を吐露した。リプリーは『書けばいいじゃないか。そしてぼくにだけ——気が向いたらそれを見せてくれればいい。そしてそれを処分してしまおう』と提案した。

二人の会話はとても奇妙に思える。書き留めることで殺人を、しかも自分の父親を殺したことを、忘れることなどできるのか。そして、リプリーはなぜピアーソンの父親殺しを二人だけの秘密にしようとするのか。

ピアーソンはリプリーの提案に応じた。ちょっとした仕掛けも添えて。つまり、彼は父親殺しの告白文をしたためながら、打ち明ける相手がなぜリプリーでなければいけなかったのかをも告白するのである。ピアーソンは、ダーワット贋作事件(本書第一部第一章「コンマン&ジェントルマン」参照)の新聞報道でリプリーを知った。告白文にはこう綴られていた。

『ぼくはこの人物に強く惹《ひ》かれていた。(中略) T・R(トム・リプリーのこと——引用者註）なる人物もまた人を殺したことがあるのではないかと思った』

（本書一二四－一二五頁）

ピアーソンは、父親殺しの告白文を書きながら、心の中でリプリーに告白を迫る準備をしていた。書き上げた文章をリプリーに見せ、意を決して告白を迫った。それは単刀直入で、先ほどのリプリーの尋問のような執拗さはなかった。

『「いままで人を殺したことがありますか？」少年が訊いた。トムはソファに近づいた。自分自身に落ち着く時間を与えるためでもあり、マダム・アネット（リプリー宅の家政婦——引用者註）の居室から遠ざかるためでもあった。

「ああ、あるよ」

「ひとりだけじゃなくて？」

「正直に言うなら、そうだ」』（本書一三〇頁）

ちなみにマダム・アネットは英語を解さない。それでもリプリーは二人だけの秘密がもれてしまうことを恐れた。

リプリーはこれまで真実や真相をひた隠しにしてきた。告白することにもされることにも慣れていなかった。ピアーソンの告白を読み、聞いてしまったいま、リプリーは真摯に彼と向き合う決意をした。慣れないことだったため「落ち着く時間」が必要だったと、筆者はこの場面を読み解く。これ以降のリプリーは、詐欺師の素顔をピアーソンの前で決して見せることはない。
筆者にはピアーソンがリプリーを訪ねた真意がわかりかけてきた。リプリーが人を殺したことがあるかどうかを確かめ、もしそうなら、父を殺してしまった自分はこれからどうやって生きていくのか、リプリーと会い話すことで何かを学び取ろうとしていたのだ。しかし、リプリーは人を殺したことはあっても、父親を殺したことはないし、殺したいほど憎んだこともない。そもそも、リプリーの両親は彼が幼少のころボストンの港で溺死した。父親は自分にとってどういう存在だったか語れることは何もないのだ。リプリーは、ピアーソンが人選を間違えたかもしれないと考えた。

『少年は自分が父親を殺したことを正当化しようとしているのだろうか?（中略）フランクがその大いなる自己正当化に辿《たど》り着く日は、自分の罪をすっきりと捨て去れる日は来るのだろうか？（中略）フランクは罪の意識を持っていた。だからこそ、トム・リプリーを訪ねてきたのだ。皮肉にも一度たりともそのような罪悪

感を覚えたこともなければ、そのことで深刻に頭を悩ませたこともない彼のもとへ』（本書一七五頁）

教会で人々が告白するとき告解室に司祭がいるように、リプリーは司祭役としてピアーソンの告白に立ち会ったのかもしれない。ちなみに、ヨーロッパ中世も現代も告白は代償を伴うが、リプリーは早く忘れてしまえとピアーソンを促すのだ。彼自身、数々の悪事を水に流してきた。

紳士協定――絆かしがらみか

リプリーはピアーソンをもて余していた。ゴシップ新聞は大富豪の御曹司ピアーソンの失踪を報じている。ピアーソンの兄ジョニーと探偵の捜索が始まっている。誘拐犯が彼をねらっている。いや、そもそも二人が歩いているところを他人が見れば、メディアに顔がばれていて悪い噂がつきまとうリプリーこそが誘拐犯と思われるかもしれない。

リプリーはいつまでもピアーソンを自宅にかくまうわけにいかずベルリンへ連れていく。冷戦下のベルリンは観光ルートからはずれていて人目は避けられると考えたからだ。ベルリンのホテルでリプリーはこう考えた。

『トムとフランクは何か見えない絆《きずな》のようなもので結ばれているのだろうか？
まさか。もしそうだとしても、そんなものは断ち切ってやる、とトムは思った』
（本書二二八頁）

ところが、ベルリン滞在中にピアーソンが誘拐されてしまい、リプリーは彼を見捨てることができなくなった。無事救出してから以降も、リプリーはずっとピアーソンのそばにいて、彼を守ろうとすることだろう。

この二人の関係を「紳士同盟」と呼ぶことはできない。筆者が「紳士同盟」と呼ぶのは、お互いを紳士と認め合い、協力して悪事を働くことだから。だから二人の関係を「紳士協定」と呼ぼう。紳士協定には様々なかたちがある。反ユダヤ主義黙認の協定であったり（エリア・カザン監督の映画「紳士協定」）、宿題を見てあげる代わりに自分の宿題を助けてもらったり（佐藤優著『紳士協定――私のイギリス物語』新潮文庫　二〇一四年刊）。筆者は「コンマン＆ジェントルマン」の中で、リプリーと詐欺仲間たちとの「紳士同盟」をおびやかす存在に対して、リプリーが身を守るために仕掛ける行為を「紳士協定」と呼んだが、リプリーとピアーソンの紳士協定はそれとは別のものだ。リプリーはピアーソンの父親殺しを口外しないし、ピアーソンは家族にも誰にも話さない。これが二人の紳士協定の取り決めだ。ピアーソンはまだ一六歳の少年だが、お互いを認め合っていれば年齢は紳士協定に関係ない。例えば佐藤優氏が紳士協定を交わしたのは、イギリスのホームステイ先のグレン少年だった（同右）。

二人の紳士協定はどうなって行くのか。実は、リプリーとピアーソンの告白合戦にはまだ続きがあるのだ。

告白Ⅱ

ピアーソンには、父親殺しとあわせもう一つ悩みの種があった。ガールフレンドのテリーサだ。ベルリン滞在中、テリーサと寝たことはあるかとリプリーがたずねた。ピアーソンが告白した。

『「こんなこと、打ち明けられるのはあなただけなんですが」フランクは声を低くして話を続けた。「ぼく、うまくやれなかったんです。興奮しすぎちゃったみたいで」』（本書二二一頁）

父親殺しに続きリプリーにだけ告白した。ピアーソンは彼女とのセックスがうまくいかなかったことについて『絶対に、誰にも言わないでくださいね』と釘を刺した。まるで、父親殺しとセックスの失敗が同等の罪であるかのように。

ピアーソンは、リプリーのすすめで、無事でいることをテリーサに伝えようと電話するのだが、外出中で捕まらない。他のボーイフレンドとデートしているのかと彼は気が気でない。

父親殺しについては、ピアーソンにそのことを早く忘れさせるというリプリーの考えははっきりしていた。しかし、テリーサのことがピアーソンをどれほど苦しめているかリプリーははかりかねた。

ベルリンでの誘拐から解放され、ピアーソンが兄のジョニー・ピアーソンと再会したとき、兄からテリーサは別の男に夢中だと告げられた。リプリーはピアーソンの目に涙が光っていることに気づいた。いまピアーソンをアメリカの家族のもとへ返せば、それは彼にとって二重の敗北――失恋及び自由を奪われること――を意味する。リプリーはピアーソンをハンブルクへ連れ出した。

告白Ⅲ

リプリーとピアーソンは、リーヴズ・マイノット(リプリーの詐欺師仲間)宅を訪れ、ハンブルクの街を観光した。マイノットは、『アメリカの友人』でジョナサン・トレヴァニーの居場所をマフィアに教えた。いわばリプリーをも裏切ったことになるわけだが、二人の関係はまだ良好のようだ。

リプリーは、ピアーソンがアメリカに帰国して家族に父親殺しを告白するのではないかと疑っていた。そうさせないため、リプリーは自分のほうから告白を始めた。ピアーソンがベルリンで誘拐されたとき、一回目の身代金の受け渡し場所で自分は誘拐犯の一人を殺害した、と。二人の紳士協定を担保するのは、互いの殺人の告白だとリプリーは考えたようだ。

リプリーがこのことを打ち明けたのは、人を殺しても自分の人生に何の変化も起こらない、きみの父親殺しも「ちっぽけな出来事」(原文 some event＝ありふれた出来事)にすぎない、と伝えるためだった。ピアーソンは、この告白と、人を殺すことを何とも思わないリプリーに心底驚いたようだが、この告白の直後に彼の口から出てきたのは『女性を殺したことがあるんですか?』という、会話の流れとは何の脈絡もない質問だった。「告白I」で、人を殺したことがあると告白したリプリーに『ひとりだけじゃなくて?』とたたみかけたときと同じく、ピアーソンは殺人について好奇心旺盛だ。

女性を殺したことは一度もない、とリプリーは答えた。確かに彼は女性を殺したことはなかったが、殺そうとしたことはあった。『太陽がいっぱい』で、ディッキー殺しがマージ(ディッキーのガールフレンド)にばれそうになり彼女を殺そうとしたときだ。はたしてそのことは、このときリプリーの脳裏をよぎっただろうか。おそらく、よぎってはいない。彼にとって殺人は「ちっぼけな出来事」だ。水に流せるのだ。未遂ならなおさらそうだろう。

リプリーがピアーソンの家族への告白をとめようとしたのは、自己保身とも関係していた。誘拐事件について家族に話すときはおしゃべりにならないように、特にぼくが女装（リプリーは二回目の身代金の受け渡し場所にゲイバーを指定し、客にまぎれるため女装してそこに出かけた）したことは黙っておいてくれとジョークを飛ばし、二人で陽気に笑った直後、突然リプリーはピアーソンの胸ぐらをつかみ、『死んだ男（リプリーが殺した――引用者註）のことは絶対にしゃべるんじゃない！　約束できるな！』と語気鋭く迫った。また、ハンブルク行きについては、『リーヴズの名前は絶対に出さないでくれ。忘れたと言うんだ』と、ここでも「絶対」を繰り返した。突然のリプリーの豹変ぶりに驚き、ピアーソンはしばらく押し黙っていた。ピアーソンとリプリーの間にすきま風が吹いた。リプリーのことを、自分にはとうてい理解の及ばない人物と悟った瞬間だったろうか。

告白Ⅳ

アメリカの家族のもとへ帰る前日、ピアーソンはふたたびリプリー宅を訪れた。テリーサに振られて自暴自棄になっていたピアーソンは、帰国したら家族に父親殺しの真相を話すと宣言した。そうさせないため、リプリーはアメリカへ同行することを決意した。

自分はすべてを失った、このまま消えてしまいたいと言うピアーソンに対し、リプリーは、ダーワット贋作に絡んだマーチソン殺害の件を語り始めた。この場面でも彼は、二人の紳士協定を担保するのは殺人の告白だと考えたのだろう。しかしこの告白をリプリーは途中でやめてしまった。そして、『これ以上は言わないでおこう。だが、ぼくたちは、ある意味では似た者同士なんだよ』と、中途半端にまとめようとしていた。

リプリーが告白を途中でやめたのは、ダーワット贋作事件の真相をピアーソンが誰かに話すことを危惧したからだ。ピアーソンの誠実さ、口の堅さをリプリーは信頼していたのではなかったか。殺人の告白を担保にしていた二人の紳士協定にほころびが生じ始めていた。

紳士協定の破綻？

アメリカ帰国後ピアーソンは命を絶った。父親を突き落とした同じ断崖から身を投げたのだ。そのきっかけを作ったのは、皮肉にもリプリーだった。ピアーソン宅を訪れた夜、リプリーはピアーソンに、父親が転落した断崖に連れて行ってくれと頼んだ。先述のピアーソンの告白文を読んだとき、父親を断崖から突き落とした瞬間の描写が不足しているとリプリーは考えていた。遅まきながらの現場検証というわけだが、ピアーソンに父親殺しを忘れさせようとしていることと明らかに矛盾していた。リプリーは断崖の縁から下を覗いていた。背後に足音を聞き、彼は断崖の縁から退いた。

『いまにも少年がトムを突き落とそうと飛びかかってくるのではないかという思いが頭をかすめた。頭がおかしいのは自分のほうだろうか、とトムはいぶかった。この少年はトムを敬愛しているのに』（本書四九〇頁）

二人の絆はもはや断ちきられていたのかもしれない。

ピアーソンの自殺は、一度目は未遂に終わった。崖から飛び込もうとした彼の足を、リプリーがすんでのところでひっつかみ防いだのだ。これで気が済んだか、もう二度とやるな、とリプリーが言い、ピアーソンはわかりましたと応じた。しかし、家に戻って三〇分後、いつのまにかいなくなったピアーソンを、リプリーはあの断崖の下で発見することになる。必死の思いで自殺をとめておきながら、その後リプリーはピアーソンを一人にしてしまった。

リプリーは帰宅して妻エロイーズにピアーソンの自殺を報告した。妻が『一六歳で自殺するなんて！』と驚いている姿を見ながら、彼はこう考えていた。

『あのような若い命の舵をとろうと努力するなんて、考えてみればおかしなことだ。彼はそれを試み――そして失敗した。いつの日かエロイーズにそれを告白することができるかもしれない。とはいえ、それはできない相談だった。なぜなら、少年が父親を崖から押し出して落としたことは決してエロイーズに言うつもりはないし、その事実こそが少年の自殺を完全に説明するものなのだから。少なくとも、テリーサのことよりは重要なはずだ、とトムは思っていた』（本書五四二頁）

失恋の痛手から人は立ち直れるとリプリーは考えているし、ピアーソンにもそう言って諭していた。だから父親殺しのほうが『テリーサのことよりは重要』な自殺の動機だったと彼は考えた。はたしてその考えは正しかったのだろうか。

フランク・ピアーソンという謎

ピアーソンは、リプリーへ父親殺しを告白したとき、『もし、ぼくがいなかったら、きみはどうするつもりだったんだ？』とリプリーに聞かれ、『自殺してたでしょうね』と答えていた。

ここでもう一度、ピアーソンがリプリーに宛てて書いた告白文に戻ろう。そこには、「僕が父を殺した」との告白はあるが、殺人の動機や経緯に関する記述はほとんどなかった。それについてリプリーは、脳裏から消し去ってしまいたかったろうし、言葉にすることが難しかったろう、と理解していた。一方その告白文には、テリーサとのバラ色の未来についてこう述べられていた。

『自分が人生で何を必要としているのかと考えたとき、頭に浮かんでくるのはテリーサのことだけだった。(中略)ぼくたちふたりが一緒になれば、きっと人生の意味というものに、幸福というもの、あるいは前進というものに辿《たど》り着けるのではないかと考えた』(本書一一三頁)

リプリーが、これまでの自身の体験に基づきピアーソンに語ることができたのは人殺しのほうだった。失恋については、通り一遍の言葉で慰めただけだった。それではピアーソンの救いにはならなかったのだ。それほどまでにテリーサへの想いは強かった。

本書のタイトルにもある通り、ピアーソンは「少年」(原文 the boy)として描かれている。一般的に「少年」と「青年」の境界はあいまいだが、アメリカの社会学者エリク・エリクソンの発達段階論では、一六歳のピアーソンは青年に属する。ピアーソンは大人への階段をのぼろうとしていた。その最中に、父親殺しと失恋という〝青春の蹉跌〟に苦しむことになった。

リプリーは二五歳のときにヨーロッパへ向かい、田舎紳士に成りたいという夢をかなえた。一六歳のピアーソンは、テリーサとの将来像を思い描くことはあっても、自分が成りたいものややりたいことはまだ発見していなかった。リプリーはディッキーをまねディッキーになれた。ピアーソンは、リプリーから何かを学んだはずだが、彼のようにはなれなかった。たとえ少年の身長が急速に伸びてリプリーとほぼ同じ背丈になっても。たとえ少年がすでに紳士の振る舞いを身に着けていたとしても。

二人の紳士協定は、お互い人を殺した者同士という共感をベースに成り立っていた。しかしピアーソンには、リプリーと違って、罪の意識があった。テリーサに振られたときは心の支えを失い、紳士協定を破棄してでも父親殺しを家族に告白しようとした。彼は誰かに裁いてほしかったのだ。だがリプリーはそれを許さなかった。

ピアーソンは「テリーサ、永久にきみを愛す」と書かれた遺書を残して自殺した。父親殺しについては一切ふれていなかった。彼はリプリーとの紳士協定を守り抜いたのだろうか。それとも、リプリーが言う通り父親殺しは「ちっぽけな出来事」だったと思い直したのだろうか。ピアーソンは最後まで謎だった。

第二部

ジョージ・スマイリー論

エピソードⅣ：ジョージ・スマイリー誕生秘話

アダム・シズマンが書いたジョン・ル・カレの評伝によれば、ジョージ・スマイリーというキャラクターのモデルは二人いた。ル・カレの学生時代の恩師にして友人だったヴィヴィアン・グリーンからは、彼の良心と思いやりと人の話を聴く力をスマイリーに与えた。もう一人のモデル、ル・カレがイギリス諜報機関ＭＩ５に勤務していたときの同僚で作家のジョン・ビンガムからは、ネクタイの端で眼鏡を拭くくせや、目立たずでしゃばらない態度をスマイリーに取り入れた（註1）。ル・カレは、身近な人を参考に等身大のスパイを描こうとした。

スパイはつらいよ──「スマイリー三部作」を読み解く

序論　ホワイト・カラーの時代

ジョン・ル・カレ作の『ティンカー、テイラー、ソルジャー、スパイ』（以下『ティンカー、テイラー』と略称。原著一九七四年刊）、『スクールボーイ閣下』（原著一九七七年刊）、『スマイリーと仲間たち』（原著一九七九年刊）の三作は、スパイ小説のファンなら誰もが認めるスパイ小説の金字塔だ。また、イギリス諜報部員ジョージ・スマイリーとソ連諜報部員カーラとの対決三部作──いわゆるジョージ・スマイリー三部作（以下「スマイリー三部作」と記す）──としても名高い。

ところで筆者は、重厚長大で、複雑に入り組んだプロットのこれら三作品を読みながら、自分のサラリーマン時代のことを思い出していた。組織に仕えた者なら誰もが経験したり見聞きしたりする「サラリーマンあるある」が、そこにはふんだんに描かれていた。一見近寄りがたいこれら三作品を、より身近な作品として、首尾一貫した視点で読み解いてみたい。その想いをかたちにしたのが本稿である。

本稿では「スマイリー三部作」を、主人公のスマイリーはじめ主要登場人物たちの、雇われの身の悲哀を描いたサラリーマン小説の連作として読み解いていく。「スマイリー三部作」をサラリーマン小説として読むことは、スパイ小説を、従来の作品と比べよりリアルに描こうとした作者ル・カレの態度と響き合うものになると筆者は考える。そうすることで、人はなぜまじめに働くのか、働くことはなぜ大切な価値観なのか、組織に仕え成果をあげるとか出世するとはどういうことか、というテーマに迫っていきたい。なお、ここでいう「サラリーマン小説」とは、ホワイト・カラーのサラリーマンを主人公にした小説、という意味である。

ホワイト・カラーとはいかなる存在か

戦後の日本で定着したホワイト・カラーのサラリーマンの一般的なイメージは、固定給（サラリー）で働き、白いワイシャツやブラウスで身だしなみを整え、主にオフィスで勤務するサラリーマンやOLだ。

仕事の現場で肉体作業に従事するブルー・カラーとの対比でホワイト・カラーという言葉は定着していった。ホワイト・カラー層の出現は二〇世紀に顕著となり、一九五〇年代以降、欧米はじめ先進工業社会の就労人口の中核を占めるに至った。
アメリカの社会学者C・ライト・ミルズの『ホワイト・カラー』(原著一九五一年刊)は、アメリカを主な対象にして、就労社会におけるホワイト・カラー化の進行を分析した。ミルズが参照したアメリカ政府の統計資料によれば、ホワイト・カラーの特徴は、①物品を生産しないこと、②週給あるいは月給制、③仕事中の身なりがきちんとしていること、である。また、ホワイト・カラーの三つの最も大きな職業集団として、教師と販売員と事務従事者を挙げている(註2)。他方で近年の日本の研究書によれば、官公吏、企業職員、教員、警官、軍人をホワイト・カラーの主要な職業に挙げている(註3)。

ところでバルザックの『役人の生理学』(原著一八四一年刊)を読むと、欧米のホワイト・カラー層は役人から派生したことがわかる(註4)。役人は官僚組織から生み出される。ヨーロッパ近代の役人は、国民国家の産物である。書類、オフィス(事務室)、俸給、こういった役人と結びついた言葉は、そのままホワイト・カラー層の特徴を示すものとなった。役人はルーティン(=きまり仕事、定型業務)にいそしむ。ホワイト・カラーもまたしかりである。「お役所仕事」という言葉が示す通り、ルーティンはときに惰性になり、ときに組織や国家に致命傷を与える。本稿では、ルーティンの仕事が、敵方スパイ、カーラの失墜を招く様を描くことになるだろう。

ここで、本書の第一部第一章で論じた点との関連についてふれておこう。「コンマン&ジェントルマン」で筆者は、ヨーロッパの中産階級を成りあがりものの一団と捉える吉田健一氏の論に依拠しながら、トム・リプリーが、自分の「才能」をたよりにジェントルマンに成りあがっていく姿を描いたのだった。

ホワイト・カラーもまた中産階級=成りあがりものである。ホワイト・カラーのサラリーマンが成りあがるとは、出世=昇進昇給を意味する。欧米のホワイト・カラーは、二〇世紀に新たに勃興してきた中産階級であり、成りあがって、労働者階級とは異なる生活スタイルや文化、ものの考え方を身につけていった。イギリスの著名な歴史家エリック・ホブズボームは、ホワイト・カラーと一般的な労働者を対比させて以下のように述べている。

『労働者たちは、経済的に苦労していても社会的には上の階層へ移りやすいホワイトカラー層と異なっていた。労働者の子弟は大学に進学しようと思っていなかったし、実際ほとんどいっていない』(『20世紀の歴史——両極端の時代——』邦訳(下)ちくま学芸文庫。五八頁)

ホワイト・カラーが上の階層へと成りあがるには、才能だけでなく学歴が必要だった。以下で論じていくジョージ・スマイリーはじめホワイト・カラーのスパイたちは、みなオクスフォードやケンブリッジの出身だ。この点は、本書第一部で述べたリプリーの成りあがりと異なる。彼の学歴詐称は、成りあがるためではなく、いわば見栄のためだった。

もう一つリプリーの成りあがりと異なる点がある。ホワイト・カラーが成りあがるためには、才能や学歴に加えて処世術が必要とされる。どういうことか。

官僚制の導入により役人が誕生した。役人とは、そしてホワイト・カラーとは、目の前の上司に仕え、目には見えない万人（＝国民）の暮らしを支えるサラリーマンだ。彼らは上司の人事考課で出世し、不始末を起こせば、最悪解雇される。個人プレーのリプリーと違って、スマイリーのサラリーマン生活には宮仕えの悲哀がつきまとう。

「スマイリー三部作」前史

職場へのホワイト・カラー層の進出は、スパイ小説にも影響を及ぼした。戦後復興が軌道に乗りつつあった一九五三年に、イアン・フレミングの007シリーズ第一作目『007／カジノ・ロワイヤル』が出版された。その中でのジェームズ・ボンドの以下のセリフは、スパイの職場にもホワイト・カラーが定着していたことを告げている。

『スパイ活動がらみの仕事はホワイトカラー連中にまかせておけばいい。スパイ活動をこなし、スパイをつかまえる仕事なら彼らにもできる。だから自分は、スパイたちの背後にいる脅威そのものに——彼らをスパイに仕立てあげる脅威そのものに——狙いを定めよう』(『007／カジノ・ロワイヤル』創元推理文庫新訳版二八〇頁)

戦時中のスパイたちは、戦況の変化にあわせ非日常の環境で仕事をしていたが、戦後の復興期においては、スパイ活動がらみの仕事はオフィスでのルーティンが中心になるとボンドは(すなわち作者フレミングは)見通していたのだろう。ルーティンは「連中」にまかせて俺は巨悪に立ち向かうと宣言したボンド自身も、実際は、コードネーム007として特殊能力を発揮するのはせいぜい年に二、三回で、ふだんの仕事はデスクの上の書類の山と格闘する日々だった。

ボンドの登場から八年後、ジョン・ル・カレの長編デビュー作にして、本稿の主人公ジョージ・スマイリーのデビュー作でもある『死者にかかってきた電話』(原著一九六一年刊)で、スマイリーはまさにそのホワイト・カラーの一員として登場した。オクスフォード大出身という立派な学歴をもち、戦時下のドイツで現場工作員を務め、戦後はオフィスでのルーティン仕事が多くなった。世界的ベストセラーとなり、ル・カレの出世作となった『寒い国から帰ってきたスパイ』

（原著一九六三年刊）では、スマイリーは次のように描写されていた。

『かれは眼鏡をかけた小男で、ざらにみかけるホワイト・カラーのひとりだった』

（ハヤカワ文庫一四六頁）

スマイリーの外見はさえない。学者風の眼鏡をかけ、背は低く小太り。彼は結婚しているが子供はいない。妻アンとは別居中。『死者にかかってきた電話』で二人はすでに離婚していたが、アンの気まぐれでよりを戻すこともあった。

『鏡の国の戦争』（原著一九六五年刊）では、登場人物の一人がスマイリーについてこう語った。

『知ってのとおりあの男、職を辞しては、また復帰するといった行動をくりかえしておる』（ハヤカワ文庫五三頁）

ホワイト・カラー（＝雇われの身）の身軽さからか、あるいは、日本の慣行と違い終身雇用が根づいていないイギリスの職場ということもあってか、スマイリーの出入りは激しい。彼は第二次大戦の終結を機に「サーカス」（註5）をいったん退職したが、1947年ごろに復職した。『死者にかかってきた電話』は、その復職後の物語だ。サーカスは機能重視の官僚機構へと変貌を遂げつつあった。スマイリーは新しい上司マストンとそりがあわない。職場環境の居心地の悪さは以下のように描写されている。

『スマイリーには新しい世界だった。煌々と照明のかがやく廊下とスマートな青年部員たち。かれはただの通行人であり、取り残された者にすぎなかった』（『死者にかかってきた電話』ハヤカワ文庫一七頁）

『スマートな青年部員たち』と違いスマイリーは働き盛りをすぎていた。職場風土になじめず、上司との確執もあり、スマイリーはふたたび辞職することになった。ところが『寒い国から帰ってきたスパイ』や『鏡の国の戦争』でまたもや復職しており、新しい上司「コントロール」（誰も彼の本名を知らない。007シリーズのボンドの上司Mのような存在だ）の下で仕事をしていた。「コントロール」の下でのスマイリーは組織に忠実であり、使い勝手のいい男であり、そもそも彼はスパイという職業が好きだった。

『かれはその職業をよろこんだ。かれに似て、性格と素性のあいまいな同僚を供給してくれたし、かつてのかれがなによりも愛好したもの――かれ自身の推理能力を実地に応用して、人間行為の謎を探求する理論作業《アカデミック》を愉しむことができたからだ』(『死者にかかってきた電話』九頁)

だからスマイリーは、『ティンカー、テイラー』で何度目かの復帰要請があったとき、また現場に戻って来るのだった。

第一章 『ティンカー、テイラー、ソルジャー、スパイ』
――熟練スパイの再雇用

ロンドン　ケンブリッジサーカス

ジョージ・スマイリーが勤務するオフィスのロケーションはケンブリッジサーカス周辺という設定。そのためこのオフィスは「サーカス」と呼ばれていた。

アダム・シズマンが書いたル・カレの評伝によれば、『ティンカー、テイラー』の第一稿にジョージ・スマイリーは一切登場していなかった。改稿を重ねるにつれ原稿の内容は進化し、スマイリー中心の展開になった（註6）。

退職したサラリーマンの悲哀

『ティンカー、テイラー』は一九七二年から一九七三年にかけての物語だ。この時代の現実のイギリス社会は英国病におかされ、石油危機により世界経済は混乱の極みにあった。

スマイリーが本作に登場したとき、彼はすでに現役生活を終えていた。第二の人生を歩み始めた男がなぜもう一度働くことになったのか。作者ル・カレは、六〇代半ば（註7）のスマイリーを主人公に抜擢することで、初老を迎えなお働き続けるサラリーマンの悲哀を描こうとした。

本作の導入部は、離職した二人のスパイの再雇用について描かれている。ジム・プリドーは教職についた。そして主人公スマイリーの登場シーンはみじめ極まりない描き方になっている。それもそのはずで、彼はサーカス（職場）を不当な理由で解雇された上、妻アンは浮気して家を出てしまった。彼女がスマイリーの年金を勝手に使い込み、彼は再度の離婚を検討中だ。年金生活に入った彼は、ロンドンの自宅を売って郊外に別荘を買い、そこで余生を過ごそうと決めていた。

憂鬱なスマイリーは、旧知のロディ・マーティンディル（イギリス外務省勤務）と街中でばったり出会い夕食をともにした。まるで日本のサラリーマン同士の仕事終わりの飲み会さながらの場面が続く。スマイリーの元上司や元同僚たちの根も葉もない噂話、スマイリーが就けたかもしれないポストへの元同僚の昇進の話、そんな話を聞かされてみじめさがますますつのり、一人になっての帰宅途中に、「くそっ」とか「ちくしょう」とか、誰かに聞かれたらイギリス紳士の品位に傷がつくような言葉を発した。自宅へ戻るとそこに元同僚のピーター・ギラムが待ち受けていた。

解雇から再雇用へ

ギラムの運転で、イギリス政府内閣官房スタッフのオリヴァー・レイコンとの面会に向かう車中で、二人はジム・プリドーの消息について会話する（註8）。スマイリーとギラムとプリドーは、ある不祥事で解雇されたり左遷されたりした仲だったことが読者に知らされる。

サーカス内部に、ソ連諜報部（＝モスクワ・センター（註9））のカーラ（モスクワ・センター十三局の局長）に操られた二重スパイがいる可能性が濃厚になった。政府高官レイコンはその調査のため、スマイリーを現場に呼び戻そうとしていた。

ここで筆者が注目したいのは、スパイを内密にスパイできるのは現役を退いたスマイリーが最適だというレイコンの言い分だ。現役のころのスマイリーは、ナチス政権下のドイツや、第二次大戦後占領下ドイツで現場工作員の任務を務めあげた。極度の緊張感の中でキャリアを重ねてきたスマイリーだからこそ、また、いまは現役を退きその二重スパイの監視の目から全くノーマークのスマイリーだからこそ、というレイコンの人材活用術なのだ。スマイリーの熟練を組織は必要としていた。作者のジョン・ル・カレ自身、ＭＩ５やＭＩ６での勤務経験があるわけだから、引退した高齢スパイのこういった活用法が現実にあったのかもしれない。

最初スマイリーは、レイコンの依頼をかたくなに断った。すでに第二の人生を歩もうと決めていたから。スマイリーはレイコンへ、二重スパイを内密に調査したいなら保安部にやらせればいいじゃないかと提案した。正論だ。ところがレイコンに言わせれば、保安部が調査に乗り出すと職場が混乱し、全世界に六〇〇名ほどいる現場工作員の誰かが不当な嫌疑をかけられるおそれがあるというのだ。

結局スマイリーはレイコンの要請を受けた。筆者が推測するに、彼がしぶしぶでも引き受けたのは、現職のスパイたちの雇用を守るためだった。スマイリーはおそらく、元上司「コントロール」の不祥事で詰め腹を切らされた自身（註8参照）を鑑みて、彼らの身の上を案じていたのだろう。

上司と部下Ⅰ——中間管理職の悲哀

レイコンの依頼を承諾したスマイリーは、調査資料に目を通しながら、現役のころの職場での日々を回想していた。回想することで、自分のサラリーマン人生とは何だったのか、同僚との日々は何だったのか、とスマイリーは自問することになる。このような回想シーンは、『ティンカー、テイラー』に限らず「スマイリー三部作」でたびたび現れる。この自問自答によって、「スマイリー三部作」のテーマが浮き彫りにされる。作者ル・カレは仕事に没頭するスマイリーに託して、仕事はなぜ大切なのか、人はなぜまじめに働くのか、組織に仕え成果を出すとか成功するとはどういうことか、を問おうとしていた。

「スマイリー三部作」をサラリーマン小説の連作として読み解くため、「上司と部下」という項目を立て分析していく。

現役当時のスマイリーは、「コントロール」の補佐役として侍従長（原文High Chamberlain）に昇進し、勤務フロアは幹部の机がある六階に移った。「侍従長」というイギリス王室の宮仕えの長を連想させる役職は、"servant"として「コントロール」という「王様」

に仕えるスマイリーの立場を表したものだが、ここで筆者が注目したいのは、侍従長スマイリーの中間管理職としての役割だ。部下たちが「コントロール」に直訴する前のクッション役として、彼らの話を聞くのもスマイリーの役目だった。

そもそも、スパイの職場にもホワイト・カラーの時代が到来したからこそ、組織において中間管理職が必要とされるようになった。機能重視の組織改変による部局の枝分かれが進行し、運営トップと現場をつなぐ管理者を配置するようになった。

スマイリーの回想は続く。「コントロール」が組織内に二重スパイがいるのではと疑い、スマイリーに容疑者——パーシー・アレリン、ビル・ヘイドン、トビー・エスタヘイス、ロイ・ブランド——から事情聴取を行うよう指示した。スマイリーは事情聴取のかたわらで、彼らの職場への不満に耳を傾けた。若手への嫉妬、働きに見合った報酬をよこせ、現場がわかってない、といった声は、スパイの職場も一般的なサラリーマンの職場と何ら変わらないことをうかがわせるものだ。

エスタヘイスが若い連中への不満を打ち明けた。スマイリーが、「若い連中」とは誰のことか、パーシーか？　ロイか？　とたずねると、彼はこう答えた。

『昇進の時期が過ぎても身を粉にして働いているとき、自分より上の段にいるやつは、みんな若く見えるんだ』（ハヤカワ文庫新訳版二二五頁）

ブランドの望みは金だ。サーカスに十分仕えたのだからそろそろ見返りをくれという。

『機密費のなかから、五千ポンドの裏金を融通してもらうというのはどうだ（中略）おれはずいぶん払わされたよ（中略）その一部を返してもらいたいよ。六階のために単身がんばった十年（中略）大きな出費だ』（ハヤカワ文庫新訳版二三〇頁）

ヘイドンはスマイリーにこう言い放った。

『あんたがた六階の連中には、まさか手紙ひとつ投函するのに三日かかり、それだけ苦労しても返事もこないような作戦をつづけるのがどんなか、わかりはしないんだ』（ハヤカワ文庫新訳版二三九頁）

彼らはみな出世欲の強い野心的な人間だ。そしてこのような面談を仕掛けてくる「コントロール」とスマイリーの「上から目線」を嫌っていた。

ところで、先述のスマイリーとマーティンディルとの夕食時の会話で、マーティンディルがスマイリーと「コントロール」との親密な関係を皮肉った。スマイリーにとっては不本意な発言だったが黙っていた。忠犬ぶりを皮肉られ、嫌われ者の役を進んで受け入れなければ中間管理職は務まらない。ブランドはこの面談時に、スマイリーに『あんたは教養のある悪だよ』と悪態をついた。

官僚制の進行

ホワイト・カラーの時代には、合理化と標準化を求めてあらゆる組織が官僚制化されていく。引退から呼び戻されたスマイリーに、ギラムは最近行われたサーカスの組織改編について説明し、こう愚痴をこぼした。

『平面性により、われわれの自主性は息の根をとめられた』（ハヤカワ文庫新訳版七一頁）

「平面性」(原文lateralism。ハヤカワ文庫旧約版では「側面主義」と訳されている)とは中央集権化のことだ。ソ連、中国、東南アジアなど地域ごとに機能していたサーカスの作戦行動は、平面性の導入によりロンドン本部(ビル・ヘイドンが本部長に昇進していた)の直轄となり、権限のヒエラルキーが明確になった。愚痴をこぼしたギラム自身が認めているように、この改編は時流にそったものだった。トップダウンで職員の「自主性」を奪いかねない組織風土へとサーカスも変わろうとしていたのだろうか。トップダウンは、やる気のない職員がルーティン業務を惰性で行うことにつながっていく。

サーカス本部事務所を訪れたギラムは、ほこりがたまったオフィスを見て思う。

『はやくほこりがおさまってくれと思った。とめどがないみたいなのだ。だれか文句をいうやつはいないのか。ひとつの場所を大勢が使うと、毎度こうだ。だれも責任を感じず、だれも気にしない』(ハヤカワ文庫新訳版一四四頁)

どうやら、サーカスのオフィスでは、官僚制の特徴である匿名性のもと組織的な無責任が横行していたようだ。

文書の世界

ホワイト・カラー化の進行とはまた、事務仕事のルーティン化でもある。ホワイト・カラーの職場は、膨大な書類の山に囲まれた文書の世界だ。『ティンカー、テイラー』の中では例えば、サーカスのロンドン本部長ビル・ヘイドンの本部長室は以下のように描かれている。

『学生部屋の散らかりよう、修道士室の乱雑ぶりだった。いたるところに報告書、カーボン用紙、記録などが、うずたかく積まれてあった。壁のフェルト張りの掲示板は、葉書と新聞の切り抜きで埋まっている』（ハヤカワ文庫新訳版一三七頁）（註10）

スマイリーは補佐役のギラムに命じて、サーカスの文書保管庫から過去のファイルをもち出させて真相究明のため膨大な文書に目を通すが、彼の諜報技術をもってしても、真相とか真実にたどりつくのは容易ではない。目を通したい資料へのアクセスは容易でないし、探していた箇所が何者かに切り取られていたりする。山のように積まれた書類だから、倉庫に眠るように保管されているファイルだから、組織に不都合な書類がいつのまにか改ざんされていたり、紛失してしまう事態が生じる。スマイリーは干し草の中の針を見つけ出すことに没頭していた。

「ほうれんそう」が大事Ⅰ

「スマイリー三部作」をサラリーマン小説の連作として読み解くため、「ほうれんそう」をキーワードにして分析していく。

「ほうれんそう」とは、「報告・連絡・相談」の省略形で、組織で働く人たちのコミュニケーションを円滑にするためのビジネスマナーを指していう。ビジネスの現場での「ほうれんそう」の定着は、ホワイト・カラーの時代と無縁ではない。ホワイト・カラーの仕事はグループ単位で遂行され、チームワークのよしあしと組織の透明性が、課題を達成するための鍵を握るからだ。

組織の中で仕事をする以上は、スパイの仕事も「ほうれんそう」の徹底が要求される。スマイリーは隠密行動のためサーカスのオフィスには出勤できない。彼はホテルの一室を借りてオフィス代わりにし、「ほうれんそう」をルーティン化した。雇い主のレイコンがそのホテルへ立ち寄り前日貸し出した資料を回収する。スマイリーは調査の進行状況を報告する。彼は新たな資料を要求し次回レイコンに持参してもらう。重大案件については、レイコンの上司の大臣に面会し報告している。彼が「ほうれんそう」をおろそかにしていないことは、トビー・エスタヘイスとの次の会話でも明らかだ。

『わたしは（中略）これをぜんぶレイコンに報告しなくてはならないんだ。じつはいまも、やいのやいのと急《せ》き立てられている。その彼は大臣に急かされている』
（ハヤカワ文庫新訳版四六八頁）

ときにスマイリーは自身の足で情報を取りにいく。コニー・サックスやジム・プリドーといった元同僚への事情聴取に際して、彼はこの事情聴取が政府高官レイコンの承認を得て行われていることをあらかじめ伝えている。心配ならレイコンに電話して確認しろ、とまで言っている。だから事情聴取はスムーズに行われた。単独の隠密行動ではあっても、レイコンへの「ほうれんそう」をたやさないことで、スマイリーは組織の後ろ盾を担保することができた。

ただしスパイの世界では、「ほうれんそう」の徹底はときに落とし穴となる。本稿第三章では、この「ほうれんそう」のルーティン化が招いた悲喜劇を描くことになるだろう。敵方スパイの週次での行動と報告が、「おきまりのパターン」であるがゆえにスマイリーに察知され、カーラの汚職が発覚することへとつながっていく。

忠誠と裏切りI

人はなぜまじめに働くのだろうかと問うとき、忠誠心の問題は避けて通れない。組織に仕える誰もが直面する問題だ。

誰に対する忠誠か？　何のための忠誠か？　これが『死者にかかってきた電話』でスマイリーを悩ませた問題だった。スマイリーは国家に雇われている。彼は『死者にかかってきた電話』で、二重スパイの嫌疑をかけられ自殺したとおぼしき男の妻から、『あなたご自身がその国家です』と言われてしまうのだが、サーカスを退職したりまた戻ったりの彼だから、スパイの仕事が好きで続けてはいても、おそらく、サーカスや国家に忠誠を尽くすつもりはなかっただろう。彼にとっては誰に対する忠誠かが問題なのだ。これまでの上司でいえば、マストンにはしたがわなかった。「コントロール」には尽くすことができた。

『ティンカー、テイラー』のクライマックスシーンにそって忠誠と裏切りについて考察しよう。

真相にたどりついたスマイリーは、二重スパイの密会現場に先乗りし、その人物が現れるのを待ちながら、かつての同僚たちの忠誠心に思いを馳せていた。

彼は、チェコでの秘密工作を遂行し失敗した張本人ジム・プリドーに事情聴取を行ったときに、プリドーから「コントロール」の思惑を知らされ、スマイリーまでもが二重スパイの容疑者だったことを知らされ、忠誠と裏切りとの間で揺れ動くスパイという職業のむなしさにおそわれた。

密会現場に現れた二重スパイの正体がわかったとき、スマイリーはその人物を弁護したい気持ちにかられた。そして自身の忠誠心を問うていた。

『スマイリーは（中略）守っているはずの体制にたいし、怒涛のような憤りがわきあがった。（中略）レイコンの寡黙が隠す自己満足、パーシー・アレリンの高圧的欲望。（中略）なぜそんな手合いに忠誠を尽くす必要がある』（ハヤカワ文庫新訳版五〇四頁）

この場面でスマイリーは、「体制」を守っているという自覚はあるのだが、組織ではなく、レイコンとかアレリン（彼はこのときサーカスのチーフ）とか、人への忠誠を問題にしていることに注目しよう。それでも彼は一瞬の躊躇の後に、現場で指揮をとる勤務中の自分に戻り、外で待機するギラムへ捕獲作戦開始の合図を送った。

ところで、スパイに忠誠心を問うのはやっかいだ。彼らは人格の使い分けを平気でやれるので、忠誠と裏切りの境界は限りなくあいまいになる。彼らには他人をあざむく才能があり、味方といるときも敵に尋問されたときでも本当らしくうそを言う技術があり、そもそも自分は本当のことだけを語っているのだと信じることができる。

『ティンカー、テイラー』の二重スパイをXと呼ぼう。Xは二君に仕えた。どちらにも忠誠を誓い、長年にわたりどちらからも報酬を得ていた。ばれさえしていなければ、ギヴアンドテイクのビジネス社会の慣行と何ら矛盾していない。Xには裏切ったという感覚はなかったようだ。そのことは、Xがスマイリーへ、給与の残額はモスクワ人民銀行へ送ってくれ、と依頼する場面からもうかがわれる。組織と祖国を裏切ったわけではないから、勤務先で未払いがあれば給料を受け取る。Xもまた、固定給で働く一介のサラリーマンだったのだ（註11）。

赤いホワイト・カラーI

イギリス政府とソ連政府の話し合いが行われ、Xはソ連に亡命することになった。Xは一九六一年にソ連の市民権を取得し、続く一〇年のうちにソ連の勲章を二個授与されていた。大手を振ってソ連で暮らせる身分だ。

Xはなぜ二重スパイになったのか。なぜ組織やイギリスを裏切ってカーラの手先になったのか。動機については、Xはアメリカを心底憎んでいたため、東か西かどちらかの体制が勝利するのなら東がいいと考えた。どのような経緯でカーラにリクルートされたかについては、何も語ろうとしなかった。ちなみに、デイヴィッド・モノハンのスマイリー作品のガイドブック"SMILEY'S CIRCUS"（註7参照）では、カーラがこの二重スパイをリクルートしたのは、彼が一九三六年にイギリスを訪れたときだとしている。
「スマイリー三部作」をサラリーマン小説の連作として読み解く一環で、ここでスパイのリクルート（新規採用）についてふれておこう。スパイ組織の場合も、一般企業と変わりなく新卒の定期採用は行われていたようだ。サーカスは、オクスフォードやケンブリッジに採用担当係（作者ル・カレは彼らを「人材発掘係」《原文Talent-Spotter》と命名した）を派遣し、スパイの卵をリクルートする。スマイリーはオクスフォード在学中にリクルートされた。他の登場人物――ピーター・ギラム、ビル・ヘイドン、ジム・プリドー、サム・コリンズ、コニー・サックスなど――も在学中に、指導教官や人材発掘係によってリクルートされた。作品中でのこういった描写は、作者ル・カレ自身がイギリスの諜報機関にリクルートされた経験に基づいていたと思われる。

余白① カーラとの出会い ライターのゆくえ

『ティンカー、テイラー』には、スマイリーの回想というかたちで、彼とソ連諜報部員の宿敵カーラが初めて対面するシーンが描かれている。先述の通りスマイリーの回想シーンは、自分のサラリーマン人生とは何だったのかをあらためて問うことにつながる。カーラとの出会いを回想しながらスマイリーは、アンとの不仲で精神的にまいっていたときに、インドくんだりまで出張しなければならず、しかも課題をクリアできなかった自分をにがにがしく思い出していた。

一九五五年の夏、インド・デリーの刑務所に拘留されたカーラに亡命をすすめるためスマイリーがやってきた。だが説得は失敗した。カーラは、スマイリーが差し入れたたばことライターをもって独房へ戻っていった。そのライターは、妻アンがスマイリーにプレゼントしたもので、カーラにその場で吸わせるため貸したのだったが、カーラがもち帰るのをスマイリーはなぜか拒否しなかった(註12)。はたして妻からの記念のライターは無事スマイリーのもとへ戻るのか。結果は、「スマイリー三部作」のラストを飾る『スマイリーと仲間たち』のラストシーンで明らかになる。

この出会いからカーラは、スマイリーの弱みが妻アンであることを見抜いていた。スマイリーは二重スパイの正体を突きとめたわけだが、皮肉なことに、この正体暴露により、カーラがこの二重スパイに指示を出し、アンに対してハニートラップ（色仕掛けを意味する"honey trap"はジョン・ル・カレの造語）を仕掛け、スマイリーを攪乱しようとしていたことも暴露されてしまった。彼は寝取られ男の心の傷を背負って、次なるカーラとの戦いに挑むことになる。

第二章　『スクールボーイ閣下』
——チーフの職責

ベルリンの壁跡
ベルリンの壁のあちら側かこちら側かで、リプリーとスマイリーはすれ違っていたかもしれない。

『スクールボーイ閣下』は後日談で始まる。事件解決のため身を粉にして働いたスマイリーについて、職場の同僚や後輩が語り合う。あの年でよくがんばった、と。スマイリーは本作で六七歳前後だった。

スマイリーはなぜ働けるうちは働こうとするのだろう。仕事が好きだから？　やりがいを感じるから？　お金やさらなる出世のため？　いずれにしても、勤め先で成果をあげて昇進するのは喜ばしいことであるはずだ。だが昇進は重責を伴う。

チーフ就任

『ティンカー、テイラー』での仕事ぶりが評価され、一九七三年一一月末にスマイリーはサーカスの運営責任者（＝チーフ）に就任した。政府高官レイコンから事前に根回しの電話があり、スマイリーのチーフ就任要請は大臣直々の意向だと伝えてきた。

『スクールボーイ閣下』の時代設定は明白だ。一九七四年のアジアの台風を起点とし、一九七五年のベトナム戦争終結まで。背景となる現実の世界は激動の時代だった。第一次石油危機直後の大不況。冷戦最中のアジアにおける熱い戦争。終息へ向かう中国の文化大革命と中ソ対立の激化。

スマイリーは『死者にかかってきた電話』で、サーカスに新設される部局の局長のポストを打診されたが、上司マストンに忠誠を尽くすつもりはなくこれを断った。スマイリーが初めて管理職に就いたのは『鏡の国の戦争』で、このとき彼は北欧主管（原文the North European desk）だった。次いで先述の通り『ティンカー、テイラー』では、「コントロール」の側近として侍従長になった。そしてついに彼は組織のトップに昇りつめたのだ。

ただし注意しておこう。「運営責任者」の原文は“Caretaker Chief”となっている。“Caretaker”とは、暫定措置としてそのポストに就いているという意味で、後任がきまるまでのつなぎ役だ。組織は職員のキャリアに合わせポストを用意する。スマイリーはすでに六〇代半ばを超えている。職員としてさらなる成長とさらなる昇進はもう期待されていないのだ。組織は彼に長くこのポストにいてもらうつもりはない。

前任との引き継ぎはなし。できないのだ。二重スパイに操られた前任のパーシー・アレリンは無期休職に追いやられた。機密情報がすべてソ連諜報部に漏洩してしまった組織の何を引き継ごうというのか。

スマイリーがチーフに就任すると、「王の間」と称されるチーフの執務室に、スマイリーの宿敵カーラの写真が架けられた。諜報部トップの執務室に敵の写真を掲げるとは異様な光景だ。それほどまでにスマイリーはカーラを絶えず意識し憎んでいた。その憎しみはときに公務を離れ私怨になる。なぜなら、カーラによってスマイリーは職場の同僚を失い、カーラの指示でその職場の同僚はスマイリーの妻アンを誘惑したのだから。カーラの写真を仰ぎ見る角度に掲げたのは、いまの自分を挑戦者の立場に置き、次なるカーラとの戦いに勝利するぞ、との決意表明と筆者は読み解いた。

人事の妙

組織運営の肝は人事だ。チーフに就任し人事に発言権をもったスマイリーは、サーカスを解雇されたり干されたりしていた面々――コニー・サックス、トビー・エスタヘイス、サム・コリンズ、ジェリー・ウェスタビー――を復帰させた。

トビー・エスタヘイスは、『ティンカー、テイラー』で、結果的に二重スパイの陰謀に加担していたことを考えれば解雇されてもおかしくなかったのだが、『なぜか復帰した』と『スクールボーイ閣下』に書かれている。筆者が推測するに、この男は使えると考えたスマイリーの判断だろう。エスタヘイスの強みは裏社会に通じていることだ。だから上司スマイリーは彼に、麻薬運搬に関わっていそうな東南アジアの飛行機会社を調査するよう命じ、ウィスキーの密輸に関わっていそうな醸造所を調査するよう命じた。

ジェリー・ウェスタビーはフリーランスのジャーナリストであり、サーカスの臨時工作員でもある。スマイリーは彼に香港の現場工作員の任務を与えた。なぜ彼を選んだか。ジャーナリストという彼の本職が今回の任務の偽装身分（＝東南アジア各地の紛争や戦争を取材する従軍記者）にぴったりだったこと、彼が東洋を専門にしていたこと、が理由だろう。スマイリーの適材適所の人事である。あわせて、仕事のない彼に温情をかけた人事でもあった、と筆者は推測する。前作『ティンカー、テイラー』でのスマイリーとウェスタビーのやりとりを振り返ろう。ウェスタビーはスマイリーに、サーカスから仕事の依頼がこないため『どうやらおれもお払い箱らしい』と弱音を吐いた。スマイリーは、『また話をもってくるはずだ』、『ひとシーズン休ませてるんだ。よくやるんだよ』と慰めた。スマイリーはあのときの自分の言葉を忘れていなかった。このまま干され続けるだろうとイタリアで隠棲生活を送っていたウェスタビーを呼び戻した。

職場の同僚だったときから、スマイリーはサム・コリンズの仕事ぶりを買っていた。コリンズはサーカスへの復職を希望していた。当初スマイリーは、コリンズからの復職の要請に対して『予算がないんだ（中略）すでにかかえこんだ人間を食べさせるのさえ苦しい』と断っていた。しかし、事件の鍵を握る人物としてリジー・ワージントンが浮上したとき、サーカスのビエンチャン支局の現場工作員としてワージントンをアルバイトで使っていた（そしておそらく彼女と寝ていた）コリンズの経歴が役に立つと考え、再雇用を決めた。人事課はコリンズの席を五階にしたが、コリンズはそれが不満で幹部のフロアである六階に移り、周囲のブーイングを招いた。コリンズの肩書は「調整官」（原文Coordinator）だった。彼がスマイリー降ろしの陰謀に加担し、その「調整」役を務めるのは後の話である。

上司と部下II

『ティンカー、テイラー』でのスマイリーは、ひたすら資料を読む人だった。『スクールボーイ閣下』でスマイリーは、チーフという立場上、部下と円滑にコミュニケーションをはからなければならないのだが、彼はそれが苦手だ。彼のことをよく知るギラムは、スマイリーが根はシャイで、コミュニケーション能力にやや欠けることを知っていた。上司スマイリーが部下にはどう見えていたか。ギラムとウェスタビーで考察しよう。

○スマイリーとギラム

「スマイリー三部作」の中でスマイリーは、職場の上司や同僚や部下とほぼ仕事の話しかしていないが、ギラムだけは別だ。公私にわたるスマイリーとギラムの付き合いは長いが、『スクールボーイ閣下』で初めて、ギラムは公にスマイリーの側近を務めることになった。

彼は働きすぎのスマイリーが気がかりだ。他にも心配事がある。内閣官房室にレイコンをたずねたとき、レイコン、外務省のソウル・エンダビー、同僚のサム・コリンズの三人が談笑している場面に遭遇した。そのときからギラムは、スマイリー抜きで何やら陰謀めいた話が進んでいると疑うようになった。本作を読み進むと、どうやらギラムの被害妄想ではないらしい。サーカスもまたサラリーマン社会である以上は、派閥抗争の種は絶えずどこかに潜んでいる。ギラム本人は派閥など眼中になかったとしても、周りの目から見れば側近の彼はスマイリー派に属しているのだ。

そんなギラムの心配をよそに、スマイリーは自分の世界に閉じこもりがちだった。香港での「カズンズ」（アメリカ情報部のことを「スマイリー三部作」では「カズンズ」と呼称する）との合同会議の最中に、ギラムはスマイリーに視線をすえて胸の内でつぶやいた。

『おれはこの男を、ヨーロッパの冷戦の暗黒時代に知り合ったときから、ちっともわかっていない。いったい彼は妙な時間にどこへ抜け出していくのだろう。アンのことでも考えているのか。それともカーラのことか。いったいだれと会っていて、朝の四時にホテルへ帰ってくるのだろう』（ハヤカワ文庫下巻二六六頁）

スマイリーの秘密主義が、部下とのこのような気持ちのすれ違いを招いてしまう。筆者の推測では、スマイリーはその「妙な時間」におそらく、サム・コリンズと会っていた。あるいは、コリンズを連れてリジー・ワージントンと内密に会いに行っていた。敵方の女のワージントンを、コリンズを使って味方に引き込むのは秘密裏に行ったほうがよいとスマイリーが判断したためと思われる。コリンズを香港での現場工作員に派遣したことをギラムは（ウェスタビーも）知らされていなかった。

帰国命令に背いたウェスタビーを香港で捕まえたとき、スマイリーの指示で、ウェスタビーをロンドンへ連れて帰る仕事がギラムに与えられた。スマイリーのそばにいるべき自分が？大物スパイの捕獲作戦が大詰めだというのに？　それでもギラムは指示にしたがった。そして彼は香港の空港へ向かう車中でウェスタビーに怒りをぶつけた。サラリーマンに上司への不平不満はつきものだし、不平不満にははけ口がいるのだ。

○スマイリーとウェスタビー

上司が自分の想いを部下と共有しようとするとき、部下はそれを押しつけと考えることもあるだろう。スマイリーは、部下ウェスタビーを香港へ派遣するための打ち合わせで、彼の「やる気」を確認するためこう述べた。

『当節やる気のない人間が多すぎる。(中略)傍観者の勝った戦いなどかってない。(中略)われわれの現在の戦いは一九一七年、ボルシェヴィキ革命とともにはじまった。(中略)以来すこしもかわっていない(中略)債務者刑務所にうまれて、自由を買いとるのに生涯をすごす世代がある(中略)われわれがそういう世代じゃないだろうか。そう思わないか。わたしにはいまだに、(国家およびサーカスへの——引用者註)借りの意識が強く残っている。きみはどうだ。わたしは最初からこの仕事には感謝してきたんだ。借りを返す機会をあたえてくれたことを。きみはそう思わないか』(ハヤカワ文庫上巻一六五－一六六頁)

筆者は本稿第一章で、スマイリーの忠誠心は人に向けたものであり、組織に忠誠を尽くすつもりはなかった、と述べた(「忠誠と裏切りⅠ」参照)。だが、この場面でスマイリーは国家や組織に借りを返そうとしている。ウェスタビーに『きみはそう思わないか』と二度にわたり同意を求めている。これはスマイリーが変わってしまったとか矛盾しているということではない。チーフになったいまの彼は、職責に基づき部下に言うべきことを言っているのだ。

だがウェスタビーには唐突だった。一九一七年のボルシェヴィキ革命から冷戦までを同時代と捉え、共産主義という悪と戦い続けているというスマイリーの認識は、イギリス諜報部の先輩スパイであるジェームズ・ボンドの以下の発言と比較すると、スマイリーのがんこおやじぶりは一層際立つだろう。

『ある国家は善で別の国家は悪だという見方は、いささか時代遅れでもある。今日《こんにち》のわれわれは共産主義と戦っている。それはいい。もしわたしが五十年前に生まれていたら、現代のわれわれがそなえているような保守主義がいまの共産主義のようなものとみなされていたかもしれず、わたしたちはそいつと戦えと命じられて送りだされたかもしれない。現代では歴史がめまぐるしく動いて進み、英雄と悪党がいっときもやめずに役割を交替しつづけているんだ』(『007/カジノ・ロワイヤル』創元推理文庫二〇九頁)

精神論をたれるスマイリーに困惑して、『方角をさしてくれりゃ、こっちは行進するよ。ボスはあんただ、おれじゃない』とウェスタビーは応じた。

「ほうれんそう」が大事Ⅱ

『ティンカー、テイラー』に続き、スマイリーの「ほうれんそう」の相手は政府高官レイコンだ。ただし『ティンカー、テイラー』のときから状況が一変している。『ティンカー、テイラー』のスマイリーは、請われてしぶしぶ臨時採用で働いた。雇った側のレイコンは、助っ人スマイリーの「ほうれんそう」にダメ出しできる立場ではなかった。だが、『スクールボーイ閣下』でのスマイリーの「ほうれんそう」は公務だ。レイコンは、スマイリーが組織を正しい方向に動かそうとしているかを厳密に点検しなければならない。

カーラの香港金脈ルート調査の件をスマイリーはレイコンに相談した。この場面では、官僚レイコンの役人根性が描かれている。原案に目を通しながら、レイコンが会議本番でのスマイリーの提案の仕方について釘を刺す。報告文は絵葉書に収まるくらい短めに、カーラの名をもち出さぬようにしろ、モスクワと言うようにしろ、お偉方は個人名が出てくるのを嫌う、云々。

自身の責任を問われたくないレイコンは素っ気なく言い放った。『よかろう、きみがあずかった予算をどう運用するか、きめるのはひとえにきみだ』。さらに抜け目なく付け加えた。『どうだねジョージ、ここはひとつアメリカ人をひっぱりこんでは（中略）そうすれば大変な節約になる。カズンズを仲間にすれば、一発の弾も撃たずに、ことをはこべる。外務省もきみに感謝感激だろう』。

結果的に、このレイコンの提案によりアメリカとの合同作戦が具体化し、ソ連側二重スパイの捕獲作戦は成功した。レイコンは、アメリカを引っ張り込んで正解だったと自分の手柄にしたことだろう。そしてもう一つ結果的に見て、この提案の段階でレイコンは、カズンズのロンドン支局長マーテロを巻き込んで、スマイリー降ろしの布石を打っていたことになる、と筆者は読み解いた。

会議対応

わたしたちは職場で日々会議対応に追われる。週次会議、月次会議、本部と支社との合同会議、取引先や顧客との定例会議など。これもまた、ホワイト・カラーの時代が到来し、個人商店から組織運営へと仕事のあり方が変わってきたことの反映であった。業務のルーティン化が会議の定例化につながる。日次、週次、月次、四半期ごと、年次、の業務サイクルは、職員の仕事をルーティン化していく。それはホワイト・カラーが大半を占める戦後のスパイの職場も変わらない。

サーカスのオフィス内に、はたして会議室があったのかどうかさだかではない。『ティンカー、テイラー』で開催される会議は、チーフアレリンの執務室で行われていた。本作では、スマイリーと幹部たちとの定例会議は、「遊戯室」（原文rumpus room）と呼ばれる、職員が休憩したりレクリエーションに利用する場所で行われていた。

チーフ就任により、スマイリーは部下たちとの内部会議の運営や、関係各省庁との会議、およびパートナーであるカズンズ（＝アメリカ情報部）との会議への出席も職責となった。会議の様子を覗いてみよう。

○関係省庁との合同会議

スマイリーの意見具申書を審議するため、関係省庁の合同委員会が開催された。議題はイギリスが直轄統治する香港の安全保障。ソ連側スパイの容疑がかかる香港の実業家ドレイク・コウの調査活動を承認するかどうかだが、省庁間の縄張り争いや小競り合いで議論は一向に前に進まない。議論を聴くスマイリーの表情は以下のように描写されている。

『その悲しげな顔は、自分には職責が耐えがたく重いときがあるのだとつげてい

た』（ハヤカワ文庫上巻二八三頁）

側近ギラムも同じ重圧を感じていた。スマイリーの要求——閉鎖されたサーカス香港支局の再開、あるいはそれが無理なら香港での非合法工作員の活動を認めること——は、ギラムやレイコンに事前の相談なく会議で提案された。スマイリーを守らなければならないギラムの思いは複雑だが、腹はきまっていた。

『図に乗ってやりすぎたとはこれだ。（中略）老いたスパイが、ついあせって欲を出したのだ。おれはついて行こう、とギラムは思った。沈みゆく船にのころう。（ポストから解任され解雇された場合は——引用者註）ふたりで養鶏でもはじめよう』（ハヤカワ文庫上巻二八五頁）

『ティンカー、テイラー』では隠密行動だったスマイリーだが、サーカスのチーフになったいまは、機関会議での承認抜きにことを進めるわけにはいかない。そして彼の責任感の強さゆえに、側近のギラムに責任を押しつけてはならないという配慮ゆえに、彼の秘密主義がますます強まることにもなるのだった。

スパイの偽装

自分はスパイだと相手に知られてはまずいから、スパイは表向きの職業で身分を偽装するが、偽装は明らかなうそであってはならない。『スクールボーイ閣下』でのウェスタビーの従軍記者は、任務上は偽装なのだが、彼の本職はジャーナリストだ。今回の任務のかたわら、アジア各地からイギリスの新聞社へ彼は原稿を送り続けた。

チーフになってもスマイリーは現場が好きな男だ。今回の事件の鍵を握る人物リジー・ワージントンの身辺調査のため、彼がリジーの両親と元夫を訪ねたとき、自分は外務省の調査員だと偽装したが、リジーの父親にこいつはスパイだと見抜かれた。現場を離れたスマイリーの腕は鈍ったのだろうか。

ところでスパイの偽装行為で興味深いのは、「スマイリー三部作」や他のル・カレ作品の登場人物たちが偽装するに際して、ホワイト・カラーの仕事（国内なら営業マン、海外では商社マンや、作者ル・カレ自身がまさにそうだったように大使館勤務）を選択することが多いことだ。アメリカの社会学者C・ライト・ミルズは、ホワイト・カラーの一員である販売員の特徴を分析し、以下のように述べた。

『われわれは販売員（原文 salesclerk――引用者註）を一個の人格とは考えず、

ただ客の贔屓をえんがためにお定まり文句の挨拶をし、感謝のことばを述べるにすぎない取引のための仮面であることを知っている。（中略）こんな社会をうまくわたってゆくのは、匿名の偽善という仮面をかぶり、それを自分の性格の一部としてゆける連中である』（『ホワイト・カラー――中流階級の生活探求――』東京創元社一六六－一六七頁）

ミルズは、まるでスパイの偽装について述べているかのようだ。『匿名の偽善という仮面』を最初にかぶったのは官僚＝役人だった。ホワイト・カラー層は、その役人から派生して生まれた。まず相手を信用させないと必要な情報を得ることができないスパイは、身だしなみに気をつけ、そつなく丁寧に応対しなければいけない。スパイにはこういったホワイト・カラーの気質が求められるのだ。ただし、スマイリーのように実直で世渡りがうまくない人間にとっては、偽りの誠実さという矛盾に悩む日々ではなかったかとも思われる。

赤いホワイト・カラーII

「スマイリー三部作」は、スマイリーとカーラとの対決三部作でもあるのだが、本作で二人が直接対峙することはない。直接対峙するのは、香港に派遣されたウェスタビーと、ソ連の闇資金の受取人で、ソ連のスパイ容疑がかかっている香港の大富豪ドレイク・コウだ。彼は、上海から香港に移住し、ブルー・カラー（港湾労働者）からホワイト・カラー（企業経営者）の大富豪に成りあがった。

ドレイクにはネルソン・コウという弟がいた。ネルソンは中国共産党の幹部だ。コウ兄弟が上海で飲まず食わずの生活を送っていたときに彼らの面倒を見ていたイギリス人宣教師ヒバートは、共産主義思想に傾倒していた青年ネルソンの情熱と野心についてこう語った。

『造船、道路、鉄道、工場——それがネルソンだった。計算尺とホワイト・カラーと学位（中略）それを夢見ていたんだ』（ハヤカワ文庫上巻三八二頁）

『スクールボーイ閣下』の時代設定は一九七三年末から一九七五年で、中国ではまだ文化大革命（＝知識人やホワイト・カラー層への弾圧）が続いていたころだ。ネルソン自身が自分はホワイト・カラーだと自覚していたか定かではないが、専門技術を備えたテクノクラート（ネルソンは大学で造船技術を身につけた）を、ブルー・カラーとの対比でホワイト・カラーとみなす考え方は、社会主義国家中国でも定着していたと思われる。

紳士と悪党

ここでふたたび、本書第一部との関連についてふれておこう。「コンマン&ジェントルマン」で筆者は、詐欺師と紳士を矛盾なく生きるリプリーを描いた。『スクールボーイ閣下』にも紳士面した悪党が登場する。先述のドレイク・コウだ。ドレイクは密漁や麻薬の密輸で成りあがり、表向きは健全な経営者として、本国イギリスから勲章を授与されるまでになった。彼は昔から悪党だったが、弟おもいだった。弟を大学に行かせるために働いた。宣教師ヒバートの娘ドリスは、『あれは悪《ワル》だったわ』、『ギャングの仲間にはいって物を盗んだり、それをしていないときは、あたしにちょっかいを出したり』と、上海時代のドレイクを回想した。するとヒバートは、『英国紳士とやらのある者にくらべたら』たいした悪ではないのだと娘に言ってきかせた。ヒバートは、イギリス本国だろうが植民地香港（当時香港はイギリスの統治下にあり、イギリス政府植民省が治めていた）だろうが、悪党と紳士は同じ穴のむじなだと考えている。侵略や強奪が跋扈する帝国主義の時代においては、ハナ・アーレントが述べたように、『完璧なジェントルマンと完全なやくざ』（『全体主義の起源』2 前掲）とが矛盾なく融合するのだ。

イギリス紳士をきどり、馬主になってハッピーバレー競馬場の特等席で観覧するスノッブのドレイクは、成りあがって『香港紳士録』に名を連ねるまでになった。

忠誠と裏切りII

『スクールボーイ閣下』のスマイリーは、誰に対する忠誠か？　何のための忠誠か？　と悩むことはない。チーフの職責に基づき仕事をするだけ。ぶれてはいけないのだ。だが部下は指示通りに動いてくれるとは限らない。

ウェスタビーは、ドレイク・コウの愛人リジー・ワージントンに横恋慕し、彼女を自分の女にするため、土壇場でサーカスの指令に背き、二重スパイの亡命の手助けをして、恩師スマイリーと組織を裏切った。

ドレイクは、自他ともに認める約束を守る男であるが、それは忠誠心とか義務感からではない。ドレイクのような成りあがりのビジネスマンにとって、約束とは契約行為なのだ。リジー・ワージントンが、ドレイクに会いに行くウェスタビーに『わたしは裏切らなかったとドレイクに伝えて』と頼み、ウェスタビーが『彼女はいつまでもきみの味方だ』とドレイクへ伝えた。しかしドレイクは『わたしには敵も味方もない』とそっけない。リジーとの愛人関係もまた、あくまで契約行為なのだ。

『わたしは裏切らなかった』とリジーは言うのだが、そのときすでに彼女は、ドレイクにまつわる情報をスマイリーに提供し、ドレイクを裏切っていた。

スパイにとって、あるいはリジーのような二枚舌の悪女にとって、忠誠と裏切りは合わせ鏡のようなものだ。

スマイリーの妻（だった）アンも同様だ。二人がまだ若かりしころ、彼が彼女の不実をなじったとき、『背信のない忠誠心なんてないわ』と言い返した（『スマイリーと仲間たち』）。オリヴァー・レイコンはスマイリーに、『アンがきみの奥さんでなくてエージェントだったら、きみもうまく操縦したんだろう』と述べた（同右）。皮肉でもあり、真実をつく言葉でもあった。

引き継ぎ

二重スパイの捕獲作戦は成功したが、捕獲後に尋問する役割はカズンズに横取りされた。スマイリーを辞めさせ、外務省のエンダビーが後任のチーフになるとの噂が流れた。

ギラムは、まだスマイリー降ろしが現実になる前に、スマイリーにこの動きに注意するよう呼びかけたのだが、スマイリーは聴く耳をもたなかった。大物スパイ捕獲作戦がいよいよ大詰めとなり、カズンズの横やりに対してギラムが疑心暗鬼にとらわれ、スマイリーに注意喚起しようとしたときだった。


『「きかんぞ、ピーター」（中略）「二度ときかんぞ。宮廷陰謀めいたきみの怪しげな謀略説はたくさんだ。この連中はわれわれのホストであり盟友なのだ。（中略）

パラノイアのような、空想までもちこまないでくれ」（中略）「まあきけったら！」ギラムははじめたが、スマイリーは封じた』（ハヤカワ文庫下巻三三五頁）

アメリカとの連携促進は組織方針だ。ぶれてはいけない。しかし、チーフの職を解かれた後にスマイリーは、自分がチーフの職を追われたのは陰謀だったと述懐した。ただ彼はそのことで誰かを恨んではいない。『もしも彼らがわたしを背後から刺したなら、すくなくともそれは〈自分の同輩による裁き〉であると思う』とスマイリーは回想した。スマイリーは、自分が裁かれて当然の罪深き人間であることを知っていた。彼が所属するスパイの世界では、身内の裏切りは日常茶飯事なのだ。スマイリー降ろしの一件もまた、スマイリーのサラリーマン人生を彩るひとこまだったのだろう。

スマイリーと後任エンダビーの引き継ぎは、レイコン立会いの下で行われた。エンダビーは、サム・コリンズを作戦指揮官（原文head of operations）に昇進させるつもりだとスマイリーへ打ち明けた。スマイリー降ろしに加担したとおぼしきコリンズへの恩賞人事だろう。

『サムは行動派だからな、とエンダビーは説明した。いまはラングレーに好まれ

るのは行動派なんだ。もう絹シャツ組ははやらんよ』(ハヤカワ文庫下巻三七七頁)

アメリカべったりの新チーフは、上等の絹シャツに身をつつみ、ルーティン仕事にいそしむホワイト・カラー層を嫌っているようだ。

チーフの執務室に掲げられていたカーラの写真は、いつのまにかはずされていた。

余白②「スマイリー三部作」はなぜ三部作になったのか

ここまで、『ティンカー、テイラー』と『スクールボーイ閣下』をサラリーマン小説の連作として読み解いてきた。『スマイリーと仲間たち』の読解に入る前に、ここで「スマイリー三部作」の三部作たるゆえんについて述べておきたい。

ジョン・ル・カレは当初、スマイリーとカーラとの対決シリーズは、バルザックが描く『人劇喜劇』シリーズのような大作として、一〇から一五冊に及ぶことになるだろうと構想していた(註13)。

ところが、彼に心境の変化が生じ、このシリーズは三部作になった。三冊で終わらせた理由は三点あった。まず、スマイリーの年齢だ（スマイリーが高齢である点は本稿でも強調しておいた）。作者ル・カレ自身が年を重ねるにつれ、若々しい情熱や変化する世の中を描きたいという想いが強くなり、高齢で保守的なスマイリーをリアルに描くことに負担を感じるようになった。

二点目は、『ティンカー、テイラー』のBBCテレビ放映が大ヒットし、スマイリーを演じたアレック・ギネスのスマイリー像が広く受け入れられ定着してしまったことだ。スマイリーはもはや作者ル・カレが創造したキャラクターではなくなってしまった。

そして三点目は、創作方法の変化である。『スクールボーイ閣下』からル・カレは現地取材を始めた。アジア各地の紛争や戦争を目の当たりにして、静かな書斎から生まれた『ティンカー、テイラー』のスマイリーとカーラを、『スクールボーイ閣下』でその続きものとして描くことが困難になってきたのだ。

ル・カレは、『スマイリーと仲間たち』のペンギン版原著のイントロで、『スクールボーイ閣下』の出来栄えについてこう述べた。

『私はスマイリーとカーラを不必要なものとみなすようになった。幸いなことに『スクールボーイ閣下』は好評を博したが、もし彼らが登場していなかったなら、『スクールボーイ閣下』はもっと出来のいい小説になっていたかもしれないと今でも

私は思っている』（"*SMILEY'S PEOPLE*", INTRODUCTION, xii）

ちなみに『スクールボーイ閣下』は、『寒い国から帰ってきたスパイ』に続き、英国推理作家協会（CWA）賞を受賞している。イギリスミステリ界の最高の名誉に輝いた『スクールボーイ閣下』が、主人公のスマイリーとカーラ抜きならもっとよくなったかもしれないとは、ル・カレはすごいことを言う。だが、書いた本人が言うのだからきっとそうなのだろう。

第三章　『スマイリーと仲間たち』

――最後の仕事

東西冷戦の象徴チェックポイント・チャーリー跡。カーラはここを通って西ベルリンへ亡命した。

ソ連諜報部員でスマイリーの敵方カーラは、本作で突然失脚し、舞台から退場する。筆者は初読のとき、そのことに違和感を覚えた。『ティンカー、テイラー』、『スクールボーイ閣下』と読み継いできた読者なら、カーラが本作で犯すミスはあまりに人間的で、彼にふさわしくないと思うだろう。

だが、先述の通り、三作をもってシリーズを終わらせたル・カレの個人的事情がわかり、現実世界のその後の激動――ペレストロイカに端を発するソ連の崩壊、ベルリンの壁の崩壊――を経験したいまとなっては、本作がスマイリーとカーラの「引き際」だったのだろうとも思う。

終わりを迎える主人公スマイリーは、自分のキャリアを振り返り思う。

『スマイリーはこの世界にはいってからきょうまで、いつもおなじような口先の茶番ばかりきいてきたように思うのだった。(中略)縦割り方式、横割り方式、分離政策、業務移管などといったまやかしの方針の(中略)つねに彼は証人であり、あるいは犠牲者であり、あるいは心ならずも予見者でさえあった。あたらしい流行は、そのつど万能薬のように迎えられた。（中略）かえりみればスマイリーは、自分がいつもその後始末だったという感を強めるのだった。（中略）彼が舞台裏で苦労しているときに、軽薄な連中が脚光を浴びていた。いまもまだ浴びている。（中略）おれは人生をさまざまな制度に投資して、いまになってのこったのは自分だけだ——そんな感慨がわいたが、悔いはなかった』（ハヤカワ文庫二一三—二一四頁）

前作『スクールボーイ閣下』で、組織や国家への借りを返そうと部下ウェスタビーに呼びかけたスマイリーはもういない。前作で組織の陰謀によりチーフの職を追われ、『いまになってのこったのは自分だけ』のスマイリーだったが、一個人になり、組織の部外者になり、それでも本作で彼はまだ働いている。何が彼を仕事にかり立てるのか。「スマイリー三部作」をサラリーマン小説の連作と捉えることで見えてくるテーマ——人はなぜまじめに働くのか、組織に仕え成果を出すとか成功するとはどういうことか——にそって完結編も読み解いていこう。

部外者スマイリー

前作『スクールボーイ閣下』でスマイリーがサーカスの職を辞して三年が経過した。『スクールボーイ閣下』はベトナム戦争が終結した一九七五年で終了しているから、『スマイリーと仲間たち』の時代設定は一九七八年。現実の世界ではデタント（緊張緩和）が進行し、対敵諜報活動という冷戦下のスパイゲームは時代遅れになりつつあった。そんな折、スマイリーがまたもや引退生活から呼び戻された。

ソ連からの亡命者で、かつてスマイリーの工作員だったウラジーミル将軍が殺害された。サーカスの若手職員モスティンの経過説明から、彼がウラジーミルの工作指揮官（註14）だったことが判明し、スマイリーはこんな若造がと唖然とした。この三年で、サーカスは人の入れ替わりが激しいようだ。

政府高官レイコンは、ウラジーミル殺害を表沙汰にせず処理したい。ウラジーミルのかつての工作指揮官だったきみがこの仕事に適任だと彼は言うが、『もうわたしは部外者だ』とスマイリーは取り合わない。前作『スクールボーイ閣下』でスマイリーは働きすぎた。やりきったのだ。もう関わり合いたくなかった。それでもレイコンは、レトリックを駆使してスマイリーを説得する。部外者だからいいのだ、政府ともサーカスとも一切関わり合いのない民間人としてこの殺人事件を処理してくれ、と。

忠誠と裏切りⅢ

筆者は本稿第一章の「忠誠と裏切りⅠ」の中で、人はなぜまじめに働くのだろうかと問うときに忠誠心の問題は避けて通れない、と述べた。レイコンがそこを突いてきた。説得に応じないスマイリーに対し、サーカスはきみの古巣じゃないか、きみにも義務感や忠誠心があるだろうと言った。だが部外者スマイリーにサーカスへの忠誠心はもはやない。彼が問題にするのは人だが、サーカスの現チーフのソウル・エンダビーに忠誠を尽くすつもりなどなかった。

それでもスマイリーは(またもや)しぶしぶ引き受けた。誰への忠誠心で引き受けたのか。筆者が推測するに、かつての仲間ウラジーミルへの忠誠心だ。生前の電話でスマイリーと話したがっていたらしいウラジーミルに誠実に応えようという想いからだ。では何への義務で引き受けたのか。やり残していた課題に対する自分自身への義務感だろう。ウラジーミルはモスティンに、カーラに関することでスマイリーに会いたいと話していた。カーラとスマイリーとの対決は、まだ決着がついていなかった。

『スマイリーと仲間たち』の主要登場人物は亡命者が多い。冒頭から登場し、事件の鍵を握る、ソ連からパリに亡命したマリア・オストラコーワ。引退からスマイリーを呼び戻したウラジーミル。ウラジーミルとタッグを組んでカーラの秘密に迫ろうとしたオットー・ライプチッヒ。

彼らは、元いた組織や国家に背いた裏切り者だが、彼らもまた組織や国家に裏切られたと思っていた。亡命者にとって問題なのは、亡命先で信頼していた仲間から裏切りにあう場合があることだ。ウラジーミルの副官ミケルは、オストラコーワがウラジーミルに宛てた手紙を、おそらく盗み読みして、ソ連側にたれ込んだ。だからウラジーミルとライプチッヒは殺害された。亡命できたからといって彼らは安心できない。味方が寝返って敵になり、敵が味方になる、そんな忠誠と裏切りが交錯する世界で彼らは生きていた。

「ほうれんそう」が大事Ⅲ

『スマイリーと仲間たち』でのスマイリーに「ほうれんそう」の相手はいなかった。なぜなら彼は部外者扱いだったから。だが、ウラジーミル殺害の真相を突きとめた直後から、スマイリーは「ほうれんそう」を取り入れた。サーカスのチーフであるエンダビーに報告し今後の進め方を相談した。この「ほうれんそう」によって、スマイリーのこれ以降の仕事は公務になった。カーラの捕獲は組織の最重要課題であること、単独での調査を終えてここから先は自分一人で手に負える仕事ではないこと、をわきまえて彼が取った行動だったと筆者は読み解く。

カーラを生きて捕まえろとエンダビーから指示が出た。そのためのスタッフを集めろ、経費は工面するから、と。官僚エンダビーは、捕獲作戦が失敗したらそれはスマイリー個人の責任(部外者が勝手にやったこと）だと抜かりなく付け加えた。そしてスマイリーにたずねた。きみはカーラ捕獲作戦を仕事でやっているのか楽しみでやっているのか、と。スマイリーは律儀に答えた。

『楽しみを意識したことはいちどもない（中略）というか、区別を意識したことがない』（ハヤカワ文庫三八六頁）

この言葉にスマイリーらしさが現れている。きっかけは請われてしぶしぶだったとしても、いったん仕事を始めれば、仕事とプライベートを区別せず、まじめに黙々と働く。これこそがスマイリーであり、彼の言葉はおそらく、当時の仕事熱心なサラリーマンを代表するものであったろう。

ところで、エンダビーのセリフ『きみはこれを仕事でやっているのか楽しみでやっているのか』の原文は、“You travelling on business, or for pleasure in this thing?”である。“travelling”という言葉に注目しよう。スマイリーは、カーラ捕獲の現場に出向く決意を示し、エンダビーに海外出張の事前申請を行っているのだ。筆者の推測では、エンダビーへの「ほうれんそう」に際して、スマイリーの頭の中ではすでに作戦のシナリオができていて、彼が工作指揮官として現地へ出向き、作戦の陣頭指揮をとるつもりだったと思われる。スマイリーの経費申請は、スイスでのグリゴーリエフ（スイス・ベルン駐在ソ連大使館員。カーラの公金横領の仲立ちを務めた）の拘束と尋問と、カーラが亡命に合意した場合の西ベルリンでの拘束との、自身の旅費が含まれていたのだ。今回の"travel"は、仕事で行くなら出張であり、楽しみで行くなら旅行である。スイス出発前、スマイリーはアンには仕事で行くと伝え、レイコンへは休暇旅行だと伝えた。エンダビーへは『区別を意識したことがない』と語ったが、相手にあわせ、区別をつけていた。

赤いホワイト・カラーⅢ

筆者は先に、『スマイリーと仲間たち』は亡命者の物語だと述べた。カーラもまた本作でソ連から亡命を企てる。発端はカーラの不正の発覚だった。「カーラもしょせん人間だった」という類の不正発覚だ。カーラにも私生活があった。『スマイリーと仲間たち』でのカーラは娘を愛する父親だ。彼は娘を案じて職権乱用と公金横領の罪を犯した。

カーラの不正の仲立ちを務めたのが、スイスのソ連大使館員グリゴーリエフだ。グリゴーリエフの回想によれば、カーラは彼にこの仕事を依頼するとき、これは「きまり仕事」（原文routine）だと伝え、『ことさまり仕事にかんしては、きみは優秀な男』だから彼を選んだのだと言った。グリゴーリエフは、カーラの娘がいる療養施設に週に一度面会に行き（カーラの娘だとは知らされていない)、大使館経費から支払いを済ませ、娘の症状を毎週カーラへ報告した。

筆者は、本稿の序章で007ジェームズ・ボンドの言葉——スパイ活動がらみの仕事はホワイトカラー連中にまかせておけばいい——を引用し、本稿の〝つかみ〟代わりとしたのだが、ここでカーラにとっては最悪の〝おち〟がついてしまった。典型的なホワイト・カラーであるグリゴーリエフ(彼の本職は経済学者。物欲と出世欲にかられて外交官になった)なればこそルーティンに手慣れている、自分の子飼いのプロのスパイでなくともこの仕事は務まる、とカーラは判断し娘のもとへと通わせたのだが、「ホワイトカラー連中」にまかせたことで彼は墓穴を掘ったのだ。重要ポストの局長で不正を裁く立場にいながら、自身の不正をルーティン仕事にまぎれ込ませもみ消そうとしたカーラは、娘を愛するがあまりという父親の心情を差し引いても、バルザックが描く甘い汁を吸う役人と何ら変わらない。一般的に、ルーティンの仕事は効率重視の発想から必要とされる業務ではあるが、ルーティンはときに惰性に転じてしまう。局長の地位にあぐらをかき、カーラはお役人に成り下がってしまったのだろうか。

一方スマイリーは、どんな仕事も決して「やっつけ仕事」にしなかった。ウラジーミルが、若手のモスティン(「部外者スマイリー」の項参照)のような「ホワイトカラー連中」をあてにせず、古参スパイのスマイリーを頼っていたと後で知ったとき、スマイリーはそれを意気に感じた。だから熱心に働いてスマイリーはカーラの不正を突きとめ、ウラジーミルの想いに報いることができた。

スマイリーのためらい

陣頭指揮をとるためスイスへやってきたスマイリーは、ホテルの部屋で一人になったとき、『いよいよ開始だ。ここから先は、もうひきさがることはできない。逡巡の余地もない』と気を引き締めた。ところが彼は、この期に及んでもなお迷い多き人物だった。

カーラをベルリンで捕獲する場面でスマイリーは二度逡巡を示した。彼の心情を分析してみよう。

ベルリンでのカーラの捕獲作戦は成功した。スタッフは解散し、スマイリーとギラムの二人きりになったとき、『ジョージ、きみの勝ちだ』とギラムは声をかけた。「スマイリー三部作」において、他の登場人物とギラムとの決定的な違いは、インド・デリーの刑務所でのスマイリーとカーラとの初めての出会い（「余白①」参照）と、そのときのスマイリーのみじめな敗北（カーラの優勢勝ち）を、スマイリー本人から直接聞いていたことだ。この因縁を知っているからこそ、ギラムは勝ち負けにこだわった、と筆者は推測する。

ギラムに『きみの勝ちだ』と言われたとき、スマイリーはふいをつかれたかのように『わたしの？』と聞き返した。そして、『うん。そうだな、そうかもしれない』とスマイリーが応じて「スマイリー三部作」は完結した。『そうかもしれない』と答えたのだから、スマイリーは勝利を確信してはいない。ついに宿敵カーラを捕まえたわけだが、『ティンカー、テイラー』で二重スパイの正体を暴いたときと同じく、ここでもスマイリーは勝利を祝うムードではないようだ。なぜだろうか。エンダビーから生きたままカーラを捕まえろと指示されたことに対し職務を果たしたではないか。アンという弱みを使ったカーラに対し、娘という弱みで仕返し（倍返しとまではいかないが）をして私怨をはらしたではないか。

このスマイリーの逡巡の理由を筆者は以下のように考える。亡命するよう説得することは、その後のカーラの人生の面倒をみるということだ。たとえカーラが味方につくことはありえないとしても、亡命する以上はもはや敵ではない。敵ではないから勝ちも負けもない、とスマイリーが考えた可能性はあるだろう。

スマイリーが勝利に酔えない理由はまだある。それはスパイという職業への彼の想いと関連してくる。サーカスのチーフに就任した直後の部下たちへの方針説明で語った、スマイリーの仕事上の哲学は以下の通りだ。

『哲学は簡明しごくであった。情報機関の仕事は追いかけっこをすることでなく、顧客に情報をとどけることである』（『スクールボーイ閣下』ハヤカワ文庫上巻八七頁）

「追いかけっこ」の結果カーラを捕獲できた。しかし、「顧客」（＝イギリス政府および西側陣営）が満足する情報をカーラからひき出す仕事がまだ残っている。また、スマイリーが属するスパイの世界は、何が勝ち（白星）で何が負け（黒星）か、誰が味方で誰が敵かがはっきりしない灰色の世界であること、たとえ勝利したとしても実質はオフホワイト（灰色がかった白）であること、を自覚していたから、彼は勝ちを確信できなかった、と筆者はスマイリーの逡巡を読み解いた。

ラストシーンでのスマイリーの逡巡はもう一つあった。アンからの贈り物のライターをなぜ取り戻さなかったか、という問題だ。

カーラは、『ティンカー、テイラー』でスマイリーから取り上げたアンのライターで火をつけ、たばこを吸いながら国境を越えてきた。一九五五年にカーラがそのライターをスマイリーから取り上げてから二三年が経過していた（ずいぶんと長持ちだ）。西ベルリンへのゲートに到着し、拘留されるとき、そのライターをカーラは路上へ捨てた。

『凍てついた路面になにか金属のおちる音がきこえ、スマイリーにはそれがアンのライターだとわかったが、ほかにだれも気づいた者はないようだった。（中略）

アンのライターのすぐそばを通った。（中略）ひろおうかと思ったが、なぜか無意味な気がし、それにだれもみつけなかったようだった』（ハヤカワ文庫五一七–五一八頁）

『なぜか無意味な気がし』たスマイリーの真意ははかりかねるが、拾わなかった理由を筆者が推測するに、ライターを拾えば、スマイリーに屈したカーラのせめてもの負け惜しみ——ほら拾え、返してやるよ——に応じることになるし、アンにまだ未練があることを周りにさとられるのは照れ臭い。彼以外誰も気づいていないならこのままにしておこうとしたのだろう。ただ、『ひろおうかと思った』のだから、まだアンへの未練はあるのだ。

スマイリーは最後の仕事で自身の義務を果たし組織に貢献した。驚嘆すべきは、吹雪が舞う厳寒のベルリンで、七一歳のスマイリー（『スマイリーと仲間たち』は一九七八年の物語である。一九〇七年生まれと仮定したスマイリーは七一歳になる計算だ）が、工作指揮官として現場に立っていたことだ。この仕事を最後に、今度こそ本当にスマイリーは現役と現場を退いた。筆者はスマイリーに声をかけてあげたい。お仕事本当にお疲れさまでした、と。

結び　灰色の世界

ジョン・ル・カレの回想録によれば、あるフランス人ジャーナリストが、彼の『寒い国から帰ってきたスパイ』や『スマイリーと仲間たち』を以下のように評したという。

『残酷で色のない世界について書き、絶望的な灰色でそれが描けたときの作家の無上の喜びは、肌で感じられるほどでした』(註15)。

確かに、「スマイリー三部作」や他のジョン・ル・カレの作品には、灰色を使った人物描写や景観の描写が頻繁に出てくる。例えば『スマイリーと仲間たち』で、グリゴーリエフ拘束にゴーサインを出すべきかスマイリーが迷っているときの模様は『するとカーラの遠い灰色の影が、彼をうながすように見えた』と描写されている。

灰色を使っての人物描写はスパイたちだけに限らない。例えば『ティンカー、テイラー』で、スマイリーの質問に対し矢継ぎ早に数値を挙げて答える政府高官レイコンは、『どんな具体的事実をきかれても、たじろぐレイコンではなかった。その黄金の武器は、彼が官僚機構という灰色の土壌から得たものだった』と描写されている。

作者ル・カレは灰色を使って何を表現したかったのだろうか。登場人物たちが織りなす非情の世界であり、忠誠と裏切りが合わせ鏡のように存在するスパイの世界であり、虚実ないまぜの騙し合いの世界である。この灰色の世界に身を置いていたからこそスマイリーは、『スマイリーと仲間たち』のラストでカーラが捕獲されても、自分は勝ったと言えるのかためらった。

しかし筆者は思う。たとえ灰色の世界に身を置いていたとしても、スマイリーが灰色に染まってしまったわけではない、と。本稿第三章の冒頭で引用した通り、スマイリーはサラリーマン人生で裏方に徹してきたが、彼はそれを後悔していない。仕事の結果は成功だったり失敗だったりしたが、与えられた仕事にまじめに取り組むスマイリーの態度は一貫していた。ここに筆者は、スマイリーのサラリーマン人生の逆説を見る。自分の個性を殺すことで、逆に組織に染まらなかったスマイリー。組織を追われ、部外者の立場であるにもかかわらず、組織に貢献したスマイリー。

「絶望的な灰色」はスマイリーには似合わない。スマイリーはときに絶望しても、希望を捨てなかった。仕事に対してだけではない。アンに対しても、そして世界に対しても。

余白③ 後日談

「スマイリー三部作」が完結した後、スマイリーはあと二回ジョン・ル・カレの作品に登場している。『影の巡礼者』（原著一九九〇年刊）と『スパイたちの遺産』（原著二〇一七年刊）だ。『影の巡礼者』には、先述の、カーラが捨てたアンからの贈り物のライターをスマイリーはなぜ取り戻さなかったのか、という問いにヒントを与えてくれる記述が二箇所ある。

一つめは、ロンドンの実在する老舗トマス・グッドのカップとソーサー。アンからのプレゼントで、当時の勤務先でスマイリーはこれでお茶を飲んでいたが、異動に際して、置き土産のようにその部署に残していったとある。

二つめは、結婚記念日にアンがスマイリーに贈ったカフリンクス。これをスマイリーは、当時仕事で付き合いのあった軍人にあげた。

どうやらスマイリーは、トマス・グッドの高価な品であろうと、「ありきたりのロンソン」（本稿（註12）参照）のライターだろうと、それらが愛するアンからの贈り物だろうと、物に執着しないタイプのようだ。

『スパイたちの遺産』では、気がかりなカーラのその後と、スマイリーとアンのその後についてふれている。

カーラはサーカスの尋問を終えて南米に亡命したが、定住して一年後に拳銃で自殺した。ギラムがスマイリーと再会しアンについてたずねたところ、『ときどき訪ねてくるのだ。いっしょに散歩する。（中略）とにかく歩く』と彼は答えたのだが、二人がよりを戻したと言っていいのかは定かでない。

註

（註1）アダム・シズマン著『ジョン・ル・カレ伝』邦訳早川書房上巻二二五頁、三〇三頁。

（註2）C・ライト・ミルズ『ホワイト・カラー――中流階級の生活探求――』杉政孝訳、東京創元社（一九七一）。五四頁、三三七－三三八頁。

（註3）菅山真次『「就社」社会の誕生――ホワイトカラーからブルーカラーへ――』名古屋大学出版会（二〇一一）。八三頁。

（註4）『役人の生理学』の訳者鹿島茂氏は同書の解説で、同書で描かれた一九世紀フランス社会の役人は、現代のサラリーマンの原型だと指摘している。

（註5）「スマイリー三部作」では、イギリス諜報機関が特別に設けた部署を「サーカス」と称する。「サーカス」の本部オフィスの所在地がロンドンのケンブリッジサーカス辺りという設定のためこう呼称されている。

（註6）前掲アダム・シズマン著『ジョン・ル・カレ伝』。邦訳下巻七八－八〇頁。

（註7）『ティンカー・テイラー』およびスマイリーが登場する他の作品中に、彼の生年月日に関する記述はない。イギリスの批評家デイヴィッド・モノハンは、スマイリー作品のガイドブック“*SMILEY'S CIRCUS*”（一九八六年刊）の中で、スマイリーは一九〇七年生まれと仮定している。モノハンはまた、『ティンカー、テイラー』の中に年代の明示はないが、続編の『スクールボーイ閣下』が一九七四年から一九七五年にかけての物語であることから類推して、『ティンカー、テイラー』は一九七二年から一九七三年にかけての物語と仮定している。したがって『ティンカー、テイラー』でのスマイリーの年齢は六〇代半ばとする。本稿でのスマイリーの年齢や、各作品の時代設定に関する

記述は、このモノハンの仮定に基づく。

（註8）『ティンカー、テイラー』はジム・プリドーを主人公とする物語でもある。プリドーはギラムの前任で、スカルプハンター（＝「首狩り人」という物騒な部署名。殺害、誘拐、脅迫といった汚れ仕事や闇の仕事を扱う）の長だったときに、チェコスロヴァキアでの秘密工作が失敗しサーカスを解雇された。スマイリーは当時、プリドーが作戦に失敗したのは、サーカス内部にソ連の二重スパイがいて通報したからではないかと疑っていた。サーカスの当時のチーフだった「コントロール」はこの作戦の失敗で解任され、「コントロール」の側近だったスマイリーもまた解雇された。

（註9）「スマイリー三部作」では、ソ連諜報部を「モスクワ・センター」と称する。

（註10）『ティンカー、テイラー』公刊の翌年一九七五年に城山三郎氏の『官僚たちの夏』が公刊された。通産省（＝ホワイト・カラーの職場）で働く官僚を描いた本書の中に以下のようなオフィスビルの描写がある。『窓という窓に書類が見える。どの棚にも、はちきれそうなほどの書類。窓枠の上にまで書類が山積みになっている部屋もある』（新潮文庫一二三頁）。書類だらけのオフィスを描いた両作品の同時代性は興味深い。

（註11）『ティンカー、テイラー』（ハヤカワ文庫新訳版）の一二七頁に、『給料日がきても仕分け棚に茶封筒はなく、メアリーによれば、毎月出る支払い承認書がまだ運営部に届いていないためだった』との記述がある。サーカスは月給制だったようだ。

（註12）後に、この件をソウル・エンダビー（『スクールボーイ閣下』、『スマイリーと仲間たち』の主要登場人物）が話題にし、なぜライターをあのとき取り返さなかったのかと問われたスマイリーは、『ありきたりのロンソンだった』から、と答えた（『スマイリーと仲間たち』ハヤカワ文庫三八六頁）。

（註13）『スマイリーと仲間たち』のペンギン版原著“*Smiley's People*”の序文より。執筆日付は二〇〇〇年一〇月と記されている。本文での以降の叙述もこの序文に基づいて書いた。

（註14）「工作指揮官」の原文は“a case officer”あるいは“a caseman”。作戦を起案し、計画を立て、実務に携わる現場工作員の指揮を執る。

（註15）『地下道の鳩──ジョン・ル・カレ回想録』邦訳早川書房二九三頁。

あとがき

パトリシア・ハイスミスとジョン・ル・カレの作品について書くことは、二人の作品を読むことと同じくらい楽しかった。これまで筆者は、日記だったり、勤め先での報告書だったり、あまたの文章を書き続けてきたが、それらはルーティンであり、書いていて楽しいと感じたことは一度もなかった。ところが、本書を書いているとき、筆者はしばしばしびれるような感覚を味わった。書くことで自分をうまく表現できたと感じていたのだ。なるほど書く喜びとはこういうことかと腑に落ちた次第である。

リプリーとスマイリーは対照的なキャラクターだ。リプリーは働き盛りの年齢だが、働かずに贅沢な暮らしをしている。スマイリーは働き盛りを過ぎてなお、身を粉にして働いた。対照的ではあるが、いまを生きるわたしたちにはどちらも魅力的なキャラクターだと筆者には思われる。

わたしたちは、誰もが誰かに、あるいは何かにあこがれ、「あの人みたいになりたい、あんな風に生きてみたい」と夢を追う。子供から大人まで、そして人生一〇〇年時代に入り高齢者までもが、みな“WANNABE”の時代を生きている。リプリーはこの時代を象徴するキャラクターだ。

そうは言っても誰もが夢をかなえられるわけではない。スマイリーはオクスフォードの学生時代、『十七世紀ドイツ文化の研究という未開拓な分野に、その生涯を捧げる覚悟でいた』(『死者にかかってきた電話』)のだが、両大戦間期の激動のヨーロッパで夢をあきらめてスパイの職に就き、老いてなおホワイト・カラー層の一員として働き続けた。彼は冷戦時代の申し子であり、まじめに働く人々の代表だ。

詐欺師とスパイはどこか似ている。詐欺師もスパイもまず相手を信用させないと仕事は始まらない。だから詐欺師もスパイも、リプリーやスマイリーのように、紳士でなければ務まらないのかもしれない。誰しも詐欺にはあいたくないし、スパイ活動に巻き込まれたくはないが、リプリーには会ってみたいし、スマイリーのような上司といっしょに仕事がしてみたい。

本書を書き終えて、リプリーとスマイリーはどこかで、例えばロンドンなりパリなりベルリンで、すれ違っていたかもしれないなと、勝手に空想して楽しんでいる。表紙のイラストは、そんな筆者の空想を形にしていただいた。

幻冬舎ルネッサンスの皆様には大変お世話になりました。厚く御礼申し上げます。

二〇二四年二月十九日

鱸　一成

参考文献

第一部　トム・リプリー論

・パトリシア・ハイスミス作品

【トム・リプリーシリーズ】

『太陽がいっぱい』佐宗鈴夫訳、河出文庫（二〇一六）、原著一九五五年刊
『贋作』上田公子訳、河出文庫（二〇一六）、原著一九七〇年刊
『アメリカの友人』佐宗鈴夫訳、河出文庫（二〇一六）、原著一九七四年刊
『リプリーをまねた少年』柿沼瑛子訳、河出文庫（二〇一七）、原著一九八〇年刊
『死者と踊るリプリー』佐宗鈴夫訳、河出文庫（二〇一八）、原著一九九一年刊

【その他】

『サスペンス小説の書き方』坪野圭介訳、フィルムアート社（二〇二二）、原著一九六六年刊
Patricia Highsmith: Her Diaries and Notebooks: 1941-1995. Edited by Anna Von Planta（New York, W. W.Norton & Company 2021）

・パトリシア・ハイスミスの評伝、評論

『ミステリマガジン』早川書房一九九一年一一月号「作家特集パトリシア・ハイスミス」所収の各論稿
丸谷才一「ヨーロッパへゆく」『女の小説』光文社（一九九八）所収

南川三治郎「パトリシア・ハイスミス 猫のように気の向くままに」『推理作家の家 名作のうまれた書斎を訪ねて』西村書店（二〇一二）所収
野崎六助『北米探偵小説論21』インスクリプト（二〇二〇）
Russell Harrison. *Patricia Highsmith.* (New York, Twayne 1997)
Andrew Wilson. *Beautiful Shadow: A Life of Patricia Highsmith.* (New York,Bloomsbury 2003)
Marijane Meaker. *Highsmith: A Romance of the 1950s.* (San Francisco, Cleis Press 2003)
Joan Schenkar. *The Talented Miss Highsmith: The Secret Life and Serious Art of Patricia Highsmith.* (New York, St. Martin's Press 2009)
Richard Bradford. *Devils, Lusts, and Strange Desires: The Life of Patricia Highsmith.* (Great Britain, Bloomsbury 2021)

・その他
吉田健一『ヨオロッパの世紀末』岩波文庫（一九九四）
A・トクヴィル『アメリカの民主政治』井伊玄太郎訳、講談社学術文庫（上）・（中）・（下）（一九八七）、原著一八三五、一八四〇年刊
A・トクヴィル『旧体制と大革命』小山勉訳、ちくま学芸文庫（一九九八）、原著一八五六年刊
宇野重規『トクヴィル 平等と不平等の理論家』講談社選書メチエ（二〇〇七）
富永茂樹『トクヴィル 現代へのまなざし』岩波新書（二〇一〇）
E・J・ホブズボーム『市民革命と産業革命――二重革命の時代――』安川悦子、水田洋訳、岩波書店

（一九六八）、原著一九六二年刊
川北稔『工業化の歴史的前提――帝国とジェントルマン――』岩波書店（一九八三）
山本正編『ジェントルマンであること――その変容とイギリス近代――』刀水書房（二〇〇〇）
小林秀雄「真贋」『モオツァルト・無常という事』新潮文庫（一九六一）所収
小林秀雄『ゴッホの手紙』新潮文庫（二〇二〇）
小林秀雄『ドストエフスキイ全論考』講談社（一九八一）
H・アーレント『全体主義の起源』全三巻 大久保和郎、大島通義、大島かおり訳、みすず書房（一九七二、一九七四）、原著一九五一年刊
阿部謹也『ヨーロッパを見る視覚』岩波現代文庫（二〇〇六）

第二部　ジョージ・スマイリー論

・ジョン・ル・カレ作品

【ジョージ・スマイリーが登場する作品】

『死者にかかってきた電話』宇野利泰訳、ハヤカワ文庫（一九七八）、原著一九六一年刊
『寒い国から帰ってきたスパイ』宇野利泰訳、ハヤカワ文庫（一九七八）、原著一九六三年刊
『鏡の国の戦争』宇野利泰訳、ハヤカワ文庫（一九八〇）、原著一九六五年刊
『ティンカー、テイラー、ソルジャー、スパイ』【新訳版】村上博基訳、ハヤカワ文庫（二〇一二）、原著一九七四年刊
『スクールボーイ閣下』村上博基訳、ハヤカワ文庫（上）・（下）（一九八七）、原著一九七七年刊

『スマイリーと仲間たち』村上博基訳、ハヤカワ文庫（一九八七）、原著一九七九年刊
『影の巡礼者』村上博基訳、早川書房（一九九一）、原著一九九〇年刊
『スパイたちの遺産』加賀山卓朗訳、早川書房（二〇一七）、原著二〇一七年刊

【その他】
『地下道の鳩 ジョン・ル・カレ回想録』加賀山卓朗訳、早川書房（二〇一七）、原著二〇一六年刊

・ジョン・ル・カレの評伝、評論
アンソニー・マスターズ「ジョン・ル・カレ 生まれながらのスパイ」『スパイだったスパイ小説家たち』永井淳訳、新潮社（一九九〇）所収、原著一九八七年刊
南川三治郎「ジョン・ル・カレ 迷路の奥の隠棲」『推理作家の家 名作のうまれた書斎を訪ねて』前掲
アダム・シズマン『ジョン・ル・カレ伝』加賀山卓朗、鈴木和博訳、早川書房（上）・（下）（二〇一八）、原著二〇一五年刊
マーク・フィッシャー「スマイリーの計略──『ティンカー、テイラー、ソルジャー、スパイ』」『わが人生の幽霊たち うつ病、憑在論、失われた未来』五井健太郎訳、株式会社Pヴァイン（二〇一九）所収、原著二〇一四年刊
野崎六助『北米探偵小説論21』前掲
『ミステリマガジン』早川書房二〇二一年七月号「ジョン・ル・カレ追悼」所収の各論稿
David Monaghan. *Smiley's Circus: A Guide to the Secret World of John Le Carré.* (New York, A Thomas Dunne

Book/St. Martin's Press 1986)

・その他

バルザック『役人の生理学』鹿島茂訳、ちくま文庫（一九九七）、原著一八四一年刊

C・ライト・ミルズ『ホワイト・カラー――中流階級の生活探求――』杉政孝訳、東京創元社（一九七一）、原著一九五一年刊

小池和男『日本の熟練――すぐれた人材形成システム――』有斐閣選書（一九八一）

小池和男 猪木武徳編著『ホワイトカラーの人材形成――日米英独の比較――』東洋経済新報社（二〇〇二）

菅山真次『「就社」社会の誕生――ホワイトカラーからブルーカラーへ――』名古屋大学出版会（二〇一一）

E・J・ホブズボーム『20世紀の歴史――両極端の時代――』大井由紀訳、ちくま学芸文庫（上）・（下）（二〇一八）、原著一九九四年刊

『リプリーをまねた少年』

フォンテーヌブローの森 写真
www.fredconcha.com/Moment：ゲッティイメージズ提供

『ティンカー、テイラー、ソルジャー、スパイ』

ケンブリッジサーカス　写真

〈著者紹介〉
鱸　一成（すずき かずなり）
1960年　大阪府生まれ。
1983年　立命館大学文学部卒業。
1986年　明治大学大学院修士課程修了。
1986年　日本生活協同組合連合会入協。2021年退職。

詐欺師《さぎし》×スパイ×ジェントルマン：パトリシア・ハイスミスとジョン・ル・カレの作品《さくひん》を読《よ》み解《と》く

2024年3月22日　第1刷発行

著　者　　鱸一成
発行人　　久保田貴幸

発行元　　株式会社 幻冬舎メディアコンサルティング
〒151-0051　東京都渋谷区千駄ヶ谷4-9-7
電話　03-5411-6440（編集）

発売元　　株式会社 幻冬舎
〒151-0051　東京都渋谷区千駄ヶ谷4-9-7
電話　03-5411-6222（営業）

印刷・製本　中央精版印刷株式会社
装　丁　　弓田和則

検印廃止

ISBN 978-4-344-69005-9 C0098
幻冬舎メディアコンサルティングＨＰ
https://www.gentosha-mc.com/